ゴミ箱ぐらしの聖女様

ゴミ扱いの古代魔法道具を直したり、追放冒険者を治したりのスローライフ

I

富士とまと

ill.saraki

CONTENS

王都を囲む壁の外側に、大きなゴミ捨て場がある。

王都には何か所かに、大きな車輪の付いたゴミ箱が設置されている。

車輪付きのゴミ箱は荷馬車の荷台になっていて、週に一度、馬に繋がれゴミ捨て場に運ばれていくのだ。


ダンジョンに向かうS級冒険者の一人が、懐かしそうにゴミ箱に目を向けた。

第一章　ゴミ箱暮らしはじめます

「おい、どうすんだよこれ」

「捨ててこいって言われたんだから、捨てりゃいいんだろ？」

「そうだ、良《い》いこと思いついたぞ。捨てるといやぁ、そこだろ」

城の下級兵二人が、両脇を掴んで引っ張ってきた私を、せーのでゴミ箱に放り込んだ。

ぶへーっ！

捨ててこいって、こういうことで合ってますかあぁ？

どしゃっと、ゴミの中に体が沈み込む。

生ゴミから壊れた道具まであらゆるゴミが捨てられるため、ひどい臭いだ。

臭いが漏れないようにパタリと蓋が閉められる。

「くっさぁ！」

これはダメだわ！

「【浄化】」

あわてて浄化魔法をかけると、臭いが軽減する。汚れなどが取れ、臭いの原因となっていたものも綺麗になったようだ。

みっちり蓋が閉められたので、真っ暗で何も見えない。

「【光】」

光魔法で明かりをともす……。

臭いはなくなっても、ゴミの山であることに変わりはない。

壊れた道具や食べられない骨や皮や野菜くずが、ピカピカ綺麗になっている。

「汚れを取り除き綺麗にする」のが浄化魔法らしい。悪いものを綺麗にするらしいんだけど……。

掃除のように見た目を綺麗にするのと、見えないものを綺麗にするのの違いが理解できなかった。

「汚れ《よご》」も「汚れ《けが》」も同じ言葉だよね？

「そんなこともわからないの？」と叱られるのが怖くて、教えてもらわないまま使っている。

物に浄化魔法をかける人はほかにいなかったから、見つからないようにこっそりと使っていた。

だって、「違いがわからないのか！　愚図《ぐず》め！」って言われたくなかったから。

「【回復】」

次にゴミの山に回復魔法をかける。

「もとどおり良くなる」というのが回復魔法だ。

……他の人には「治る」と「直る」は違う！　と言われたけれど、「なおる」と「なおる」が違うって言われてもさっぱりわからなかった。

これも、物にかける人はほかにいなかったから見つからないようにこっそり使っていた。

「あら、壊れた椅子がもとどおりになってるわ」

ゴミ箱の中に捨てられていた椅子に腰かける。

「テーブルもあるのね」

テーブルを椅子の前に置く。

「これは、カーテンよね？」

汚れたり破れたりして捨てた布切れは草木で染められたカーテンのようだ。テーブルクロスのように広げて使う。

「あら、なかなか素敵な個室じゃない？」

ゴミ箱とはいえ、馬が引いていく馬車のサイズはあるのだ。しかも街と街を繋ぐ乗合馬車くらいの大きさ。

「私が住んでいた階段下の部屋より広いわ。素敵！」

このまま、ここで生活しようかな？

今までの生活を思い出す。

「良いこと、あんたみたいな平民、聖女であっても貴族のような生活ができると思わないことね！」

王宮神殿という、王宮の敷地内に建てられた神殿で生活を始めたのは七歳のとき。

珍しい光属性魔法が使えるということで王宮神殿に入った。

両親は「貧しい暮らしをするよりは貴族様のようないい暮らしができるだろうから」と泣く泣く送り出してくれたのに。

現実は、階段下の光も届かない狭い部屋が与えられ、三食付きと言われていたのに二食しか出なかった。

しかもほかの聖女の残り物。何も残っていないことも三回に一度はあったっけ。常に空腹。

「だらだらしてるんじゃないわよ！　平民っ！　あんたがしくじれば私たち聖女全体がバカにされるんだからね！」

空腹でふらつきながらも、お勤めはしっかりこなす。

朝は日が昇る前に起きて神殿の掃除。

「さっさと準備を手伝いなさいっ！」

十時からは聖女としての務めがあるため、掃除のあとはほかの聖女の身支度の手伝い。

「ちょっと、もっと丁寧に髪をときなさいよ！　痛いじゃないの」

バシッと聖女の手が出ることもあった。

……仕方がない。

痛みを感じると、とっさに払い退《の》けようとするのは条件反射と言うらしい。熱いものに触ったら手を離すのと同じ。

だから、髪が痛ければ手が出るのは仕方がない。

私が髪をとくのが下手くそすぎるのだろう。貴族の侍女であればもっと上手なんだきっと。

王宮神殿にいる聖女は十名前後だ。そのほとんどは遺伝によるもの。つまり、貴重な光魔法を使える聖女を娶《めと》った貴族の子として産まれることが多い。

今、王宮神殿にいる方々は、私以外みな貴族令嬢なのよね。本当なら侍女に髪をといてもらっているはずの方々。

あまりにも高貴な血……伯爵令嬢以上の聖女は王宮神殿で寝食を共にすることはなく、月に何度か王宮神殿に通っている。王宮神殿で生活しているのは、子爵令嬢、男爵令嬢だ。神殿侍女が足りないので平民である私が侍女の代わりに身支度を手伝っている。

叩かれたからって、貴族様に、私が逆らうことはできない。

「申し訳ありません、気を付けます」

とはいえ、絡まった髪を痛くしないようにとくのはとても難しい……。

あ！　そうだ！

痛みを回復魔法で瞬時に治しちゃえば、痛いと感じることもないんじゃない？

ということは、髪をとく間、ずっと回復魔法をかけ続ければいいんだ！

【回復】【回復】【回復】【回復】【回復】【回復】

これを発見してから髪をといているときに叩かれることはなくなった。

朝ごはんを食べる暇もなく動き回ってお勤めの五分前。

「そんな格好でうろうろしないでよ！　見習いといっても、ちゃんと服装くらい整えなさい！」

朝から掃除に、他の聖女の支度の手伝いにと動き回ったせいで確かに私の見習い服はよれよれになっていた。

急いで階段下の部屋に戻り、髪の毛をくしでざっととかして後ろでしっかりと結び直す。

それから【回復】で服の状態を回復した。すると、よれよれだった見習い服が、洗濯してアイロンを当てたようにぴっちりとする。もちろん、【浄化】であちこちついた汚れも綺麗にした。準備に時間がかけられないから魔法って便利。

王宮神殿には、毎日とても多くの人が回復魔法をかけてもらおうと列をなす。

さすがに、誰もかれもが回復魔法を受けられるわけではない。

申請を出して許可された者だけだ。

「私はサーベル公爵様を担当いたしますわ」

「まぁ、ずるいわ。でも、今日は騎士様の予約が十人も入っておりますし……おじさんはあなたに任せます。ふふふ」

「じゃあ、遠慮なく私は大商人シュルクさんを担当させてもらうわ」

「あー、シュルクさんは回復するとお礼にって大きな宝石くれるわよね。しまった！」

許可を受けて神殿に祈りを捧げ、回復魔法を受けに来る者たちのリストを見ながら聖女が誰を担当するのか申請者の取り合いをはじめる。

奪い合っているのは、申請者の中でも順番を待つ代わりに、お金をたくさん出した人たちのリストに書かれた人だ。

「さっさと仕事しなさいよ。待ってるわよ、あんたの担当の貧乏人が！」

どんっと背中を強く押される。

慌てて礼拝堂に向かえば、並んでいるすべての椅子に人が座っている。

座席の数は百。申請書を出して順番を待ち、まわってきた人たちと、キャンセル分の抽選が当たった人たちだ。

順番が来る前に亡くなってしまった人の席もキャンセル待ちの人で埋まる。

王宮神殿の外には、毎日キャンセル分の席を求めて多くの人が集まっている。

「では、お祈りください」

私が姿を現すと、ざわざわと椅子に座っていた人々がざわめく。毎度のことだ。

「せっかく三か月も待ったのに、子供じゃないか」

「聖女の見習いだろう」

「ちゃんと聖女を出せ！」

「俺たちを馬鹿にしてるのか！」

「金持ちしか生きる権利がないっていうのか！」

まぁ、そうだよね。いくら魔法で見習い服をぴしっと整えても、食事の量も足りなくて成長が遅い私は十二か十三歳くらいの子供にしか見えない。服装も見習い聖女の服だ。本来は十四歳から見習いを卒業して聖女となるはずなのだけれど、もうすぐ十五歳になる今も見習いとして下働きもさせられている。

「平民はずっと下働きをしてればいいのよ！」

「そうよ、見習いを卒業なんて十年早いのよ！」

と、言われていたので、あと九年ほどは見習いを卒業できそうにない。けれど、見習いとはいえ七年働いているので実は古参だ。

貴族令嬢は十二歳で入り二年だけ見習いをして十四歳で聖女になる。そのうえ、十七歳から二十歳の間に結婚して辞める人がほとんどなので。私より長く王宮神殿に勤めている聖女は多くない……って、わざわざ説明するわけにもいかない。

まぁ、毎日同じような反応なので、無視。

【回復】。はい、速《すみ》やかに出てください」

次の人たちと入れ替わってもらうために、退室を促す。

「え？　あれ？」

「調子が戻った？」

「すごい、さすが聖女様だ！」

だから、驚いてる間にさっさと入れ替わってくださいね……と言ってもねぇ。

「奇跡だわ……」

「神に感謝を」

と、跪いて祈りをささげる人が後を絶たない。

奇跡もなにも、回復魔法の効果があっただけだよ？

感謝なら私に直接してくれていいんですけどね？

まぁいいや。

神殿の外で順番を待っている列を横目に、キャンセルが出ないかと集まった人々を見る。

遠くから神殿に足を運んでいる人も多い。しかし、せっかく来ても、聖女による癒やしは一度に百人を三回で、一日三百人にしか回復魔法をかけない。神殿のルールってケチすぎるよね。

見習いになったばかりのころは確かに一日三百人すら無理じゃないの？　聖女が一人で手分けすればなんとかなるの？　と思っていたけど。見習い生活が一年過ぎるころには三百人を一人でこなせるようになった。つまり、一年見習い期間を終えた聖女は一日に三百人回復させるのは普通って話なんだよね？

で、私は七年目の超ベテラン。三百人どころか千人はいけるよ？　けちけち入場制限しなくていいのに。

と、とりあえず神殿の敷地の外に、キャンセル待ちで集まってる人に声をかける。

「祈りはそこからでも届きますよー。祈りなさい【回復】」

はいはい。終了。

もう入れ替え制もどうでもいいかな？

形式的に礼拝堂で神に祈ると奇跡で回復するとか、ぶっちゃけどうでもいい。

だって、実際には神の力じゃなくて単なる回復魔法なんだから。

二回目と三回目のために並んでいる人に向けても魔法をかける。

「【回復】」

はい。おしまい。

私、まだ忙しいのよね。これから洗濯もあるし、掃除の続きもある。それから聖女たちのこまごました お使い……。

はぁー。

「本当に洗濯したの？　洗ってないじゃないっ！」

って言われるから自分の服と同じようにシーツも何もかも【浄化】で綺麗にしたいんだけどね。

水に濡れた洗濯物が干してないと、本当は洗ってないんでしょうと言って叱られるのよ。まぁ、お日様に干したほうがいい匂いがするから仕方がないかなと思って洗濯する。

それから、聖女たちが騎士だとか公爵だとか大商人だとかと使用した個室の片づけ。

一秒とかからない回復魔法を使うために、なんで個室に招いてお茶やお菓子も用意するんでしょうね？

「さっさと片付けなさいよ。本当にいつまでたっても使えない子ね」

お茶の用意は神殿侍女が行うが片付けは私の仕事だ。

「ねぇ見た？　私は見たわ！　素敵だったわ騎士様」

「きゃっ、私はお声をかけていただいたのっ。しかも、騎士様の中に副団長様がいたの！　あの次期団長という副団長様によ？」

「うそっ！　アーノルド様もいらしてたの？」

神殿侍女たちは私が片づけている横で、残ったお菓子をつまみながら話に興じる。

……神殿侍女たちも下級貴族なので部屋を出て行ってほしいとも言えない。出て行ってくれれば、魔法でさっさと綺麗にできるのに。と、恨めしげな目を向けたら、神殿侍女の一人と目が合った。

「文句でもあるの？　万年見習いの能無しはこれくらいしか役に立てないでしょっ！」

「本当、見苦しいったりゃありゃしない。平民は動作も下品で嫌になるわっ！　さっさとこれも持っていきなさいよ！」

ばしゃりとカップに残っていたお茶をかけられる。

「あーあ、ちゃんと床を拭いておきなさいよ！」

雑巾《ぞうきん》が投げつけられた。

「ちょっと、かわいそうじゃない。紅茶はシミになっちゃうわよ、早く洗わないと！」

別の侍女が水差しの水を私の頭の上からかける。

はー。まったく。平民じゃない貴族の侍女って、粗忽者《そこつもの》ばかりね。

お茶をこぼさずにカップを移動することもできない。

雑巾を手で渡すこともできない。

水をかければ洗ったことになると思ってる。

かわいそうに……。きっと、お辞儀やダンスの練習ばかりして、片付け方は教育されてこなかったのね……。

雑巾を拾い【浄化】してカートに置く。それからカップと水差しを載せ、話に興じている片付け下手な侍女たちに背を向ける。

「【回復】」

水差しに水が〝もとの状態〟に戻り、紅茶がカップに〝もとの状態〟に戻る。

飲んでなくなった分まではもとに戻りはしないけど。床や服に染みたものは戻った。

そのままカートを押して調理場へ向かう途中、階段から人が下りてきた。

「ん？　見習い聖女か？」

金髪に青い瞳の青年。その隣で腕を組んでいるのは公爵令嬢の聖女エリーチカ様だ。

はっ！　エリーチカ様が腕を組む相手といえば、もしや皇太子殿下？

慌てて頭を下げる。

「ええ、そう。無能見習い聖女ですわ」

「無能だから下働きのようなことをしているのか？」

「もう、六年？　いえ、七年だったかしら？　十四を過ぎても見習いのまま聖女になれないのですわ」

エリーチカ様の言葉にふんっと皇太子殿下が鼻を鳴らす。

「そんな者をなぜ、神殿はいつまで置いておくつもりだ。税金の無駄遣いじゃないか」

エリーチカ様が小首をかしげた。

「無駄にならないように、こうしてできることをさせているのですわ」

税金の無駄遣い？

私、お給料はもらってないし、食事は残り物だけど……。

「もういいだろう。六年も七年も聖女になれないのなら神殿の恥になる。あのように綺麗な見習い服を与えるのももったいない！　価値のないゴミだ！」

あ。確かに、この服は支給されたものです。それすら税金の無駄遣い……と言われればそうなるんですかね？

「おい、誰かいないか」

皇太子殿下が人を呼んだ。

すぐに二人の男が現れる。護衛騎士だ。

「おい、この役立たずのゴミを捨ててこい！」

護衛騎士が驚いて私の顔を見た。

「私たちは二年ほどで見習いを卒業して聖女になるのですが、この子はもう七年も見習いのままなんですの……殿下は、国民の税金を少しも無駄にできないとおっしゃって……。国のことを考える素晴らしい殿下ですわ」

エリーチカ様がそう言いながらぎゅっと胸を殿下の腕に押し付けた。

「ははは、わかったか。さっさとこの税金の無駄遣いの元凶を捨ててこい！　二度と神殿に近づけるなよ！」

殿下の言葉に、護衛騎士二人に腕を取られて引きずられるように神殿の外へと連れていかれ、下級兵に「捨ててこいと殿下のご命令だ」と私は引き渡された。


……そして、ゴミ箱に捨てられました。

さっき回復した物の中に固いパンがあった。そしてシチューも。

壊れた椅子や机もあったし、もしかしたらどこかのお店で冒険者が喧嘩でも始めたのかな？　料理も食べる前にひっくり返したのだろう。

嬉しい！

器からこぼれてしまったら普通は食べられないけれど、回復魔法で器に戻ったし、浄化魔法でお腹を壊すような悪いものは綺麗になったはず。それに、いつも残り物ばかり食べさせられていたのだ。誰かが残したものだったとしてもいつもの食事と変わらない。

シチューを食べようとして、スプーンがないことに気が付く。

目の前には美味しそうなシチュー。

普段の残り物には、こんなにお肉や野菜が入ってない。ううん、ここまで具がたくさん入ったシチューなど何年振りどころか、もしかしたら人生初めてかも！

思わず屋根を見上げる。いえ、屋根ではなくてゴミ箱の蓋ですけど……。

誰か、スプーン捨てに来ないかな……。

しばらく見つめていたけれど、そう都合よくスプーンをゴミにする人が現れるわけもない。

ぐーきゅるるぅー。

「いただきます！」

皿を両手で持って、飲むようにして食べることにした。

うっ。

一口シチューを飲む。

おいしい。このお店は当たりですね！　どこの店か知らないけど。

あ、店とも限らないけど。

冷めたシチューを一皿食べるとお腹がいっぱいになった。いつも残り物なので冷めているのは気にならないけれど……。

「あったかかったらもっとおいしいのかなぁ……」

光属性魔法は物を温めることはできないんだよね……。残念。

ふぅ。お腹がいっぱいになったら眠くなってきた。

……えーっと、追い出されたのが夕日が沈む前だったよね。外はもう日は沈んだかな。

ゴミ箱を利用する人は明るいうちらしい。暗闇でゴミ箱を使う人は犯罪者の疑いをかけられちゃうんだよね。死体を隠す人とかいるらしいから。

ってことは、ここから先は新たにゴミを捨てる人はいない……。

「ベッドは流石にないかぁ……」

椅子やテーブルはよくあったなと思うよ。薪にせずに捨てるなんてもったいない。金持ちなのかな？　シチューも豪華だったし。

他にもいろいろと使えるものが捨てられているかもしれない……けど、眠いから、もう寝ちゃおう。

大丈夫。階段下の部屋にもベッドはなかったんだもの。板の上にそのまま身を縮めて寝ていたのだから。ゴミ箱の中は、階段下の部屋よりもずっと広くて……手も足も伸ばして寝られる……なんて、幸せ。

しかも、テーブルクロスは布団代わりになる。あ、もともとカーテンをテーブルクロスにしたんだったっ……け……。

すやぁ……。


ガタンという音で慌てて目を覚ます。

まぶしい光に目をつむる。

「え？　嘘！　寝過ごした？」

見習い聖女の生活は朝が早い。いや、夜も遅いけれど、まだ太陽が昇りきらない薄暗い時間には起きて仕事をはじめなければならないのに……。

でも、待って、まぶしいってどういうことだろう？　私が寝起きしている階段下の部屋にまぶしい光が届くことなどないはず。

もしかしてっ！　「愚図っ！　いつまで寝てるつもり！」と聖女が光魔法を使ったのを想像して身を固くする。

どさっという音とともに、強烈な……。

「臭っ。【浄化】」

腐ったものを「食事だよ、食べな！」と出されることはあったけれど、ここまで強烈に臭いものは初めてだ。

びっくりして目を開く。

まぶしさに目が慣れて周りが見えるようになると、ここが王宮神殿の階段下の小さな部屋……物置ではないことに気が付いた。

「あ、そうだ、ゴミ箱だった……」

大きなゴミ箱の蓋は、五つに分かれていて、左端が一番だとすると、私がいるのはちょうど三番の蓋の下。開いて光が差し込んでいるのは一番の蓋だ。

「もう、朝なんだ。出ないと……」

開いた蓋の下へと近づいていくと、ぬっと誰かの手が見えた。

手には大きな麻袋を持っている。袋の口に見えるのは……。

ゴミだっ！

ゴミ捨てに来たんだ！

そりゃそうだよね、ここゴミ箱だもんっ。

慌てて五番目の蓋の下に逃げる。

間一髪、ゴミを頭からかぶることはなかった。

「【浄化】」

一番の開いている蓋にはどんどんゴミが運ばれてくる。

五番の蓋を開いて外に出ようかな？

ゴミ箱の高さは背丈より少し高いくらいだ。両手を上に伸ばせば蓋に届く。

椅子を運んでその上に立てば身を乗り出して外に出られるよね？

両手を上げて、五番の蓋を押し上げようと力を込める。

その間にも、一番の蓋の開いたところからはどんどんゴミが入れられていく。

臭い……。

誰も、ゴミ箱の中を確認したりしないから、私がいるのにも気が付かない。

そりゃそうか。夜は死体を捨てに来る人もいるって噂されるくらいだもん。

誰も中を確認しないから見つからないと思って捨てるんだよね。

もし覗き込んだことがある人も、臭くて二度と覗き込んだりしないとって思うよね……。浄化魔法や回復魔法を何度もかけても、取りきれない臭いも染みついてるし。魔法がなかったらどうなってたんだろう……。

うんしょっと力を込めても、蓋はびくとも動かない。

え？　そんなに重たいの？　それとも外側から鍵でもかけられてるの？

うーん、うーんと全力で押し続けること数分。

「はぁ、はぁ、【回復】、はぁ」

無理だ。蓋は開けられない。

開いているところから出ていくしかない。

でも、いつゴミが捨てられるかわからないので、椅子を運んで身を乗り出すタイミングを取りようもない。

誰か助けてと助けを呼ぶしかないのかな？

……でも。

皇太子殿下が「捨ててこい」と命じて私はここにいる。

誰がゴミ箱に人を捨てたんだ、警邏《けいら》を呼んできて犯人を捜さないとみたいな大事《おおごと》になったら大変だよね？

もっと遠くに捨てられちゃうかもしれないし……。私を捨てた兵たちに処罰が下ったら大変だし。

もしかしたら死体が生き返ったなんて驚かせちゃうかも？

やっぱり、誰かに助けを求めるのは危険。見つからないように、こっそり自分でゴミ箱を出たほうがいいよね。

今は朝みたいだ。ゴミ捨てに来る人が多い時間なんだよね？

王宮神殿でも、朝に各所のゴミを集める仕事があったし。

もう少し待てば、ゴミを捨てに来る人も減るかな……。

と、椅子とテーブルを五番目の蓋に近い場所に移動して腰掛ける。

くぅっとお腹が鳴った。

「何か、ないかな……」

椅子と机を見つけた昨日のゴミの山を探す。

「あ、鞄《かばん》？」

革製のウエストポーチがあった。

残念ながらベルトの部分が三分の一なくなっていて使えない。

「中身入れたまま捨てちゃったんだ！　やった！」

開いてみたら、中に携帯食が入っている。干し肉と固く焼いたビスケット。

それから、ポーションも入っていた。

「これって、冒険者の持ち物だったのかな？」

ポーションは怪我や病気をしたときに飲むとよくなるらしい。……回復魔法の代わり。

「私にとっては水の代わりだね……よかった、水分も取れる」

干し肉をかじって、ポーションを飲む。

ゴミの中から食べられそうなものや使えそうなものを探しながら過ごす。

「あ、エプロンだ」

水色のエプロンが出てきた。捨てられたときにはどんな状態だったかわからないけど、回復魔法ではもとに戻らない虫に食われた穴がいくつかあいている。

腰に巻いて大きなポケットに手を入れると、何かが入っていた。

「うわぁ！　飴だ。すごい、飴だ！」

丸い半透明の親指くらいのもの。聖女たちが時々口にしているのを見たことがある。とっても甘くて美味しいらしい。王宮侍女たちも、聖女が残した飴を嬉しそうに食べていた。

ドキドキしながら飴を口に入れる。

コロコロと口の中で転がす。

あれ？

味がない……？

「飴じゃなかった……」

がっかりして口から取り出してポケットに戻す。

それからもゴミを【浄化】や【回復】した物の中から、何かないかと探し続ける。

気が付けば、ゴミは一番の蓋の下には収まりきらずに三番の下あたりまで雪崩《なだ》れてきていた。

見える空は夕日に染まり、ゴミを持ってくる人の数も減っていた。

「今なら外に出られる！」

雪崩れて坂になっているゴミを四つん這いで慎重にのぼり、一番の蓋から出ようと思ったら、ぱたりと蓋が閉められた。

ああぁ、蓋が、蓋が！

手を伸ばして押しても開かない！

「もうこっからは入らないぞ、あっちから捨てろ」

という声が聞こえてきたかと思うと、五番の蓋が開いて居心地よく整えた場所にゴミが降ってきた。

ぎゃーっ！　私の椅子が、テーブルが、テーブルクロスが、食器やぬいぐるみが！

「臭っ。【浄化】」

ぬいぐるみを救出しようと思って駆け寄ると、人の手が見えた。

まずい、またゴミが降ってくる！　ガラガラと割れた植木鉢か何かが捨てられる。

それから、蓋がパタンと閉まった。

すぐに、三番目の蓋が開いて私のすぐ左側に落ち葉が入れられた。

蓋が開いていればそこから入れたほうが楽だ。蓋がどこも開いていなければ、好きな場所を開けて入れるってことだよね……。

「どうしよう、ずっとどこが開くか気にしながらいないといけないの？」

と、ひやひやしていたら、しばらくしてぴたりとゴミ捨てが止まった。

「日が落ちたのかな？【光】」

ゴミ箱の中を照らす。

それから、ポーションと干し肉で夕飯を済ませる。

幸いにして、一番と五番の蓋の下以外は、まだ十分スペースがあった。

ゴミを寄せて、机や椅子や板などでバリケードを作れば階段下の部屋よりもまだ広い空間ができあがる。

「はぁー、なんだか今日は幸せな一日だったなぁ。ゴミから使えそうなものを探すのは宝探しみたいだったし。ポーションはほんのり甘くて美味しい。干し肉とはいえ昨日に続いて肉が食べられるなんて。エプロンだけど見習い聖女服以外を身につけられたのも嬉しい。それから……」

ゴミ箱の中は幸せ。

夜になればもうゴミを捨てに来る人はいないという安心感からすぐに眠くなってきた。

ガタッゴトゴト。

うーん。うるさいなぁ。

って、もしかして、私寝過ごした？　ドアを叩かれてるのかな？

やばいっ！

ドンドンドンというういつものドアを叩く音と違うけれど、木を乱暴に叩くような音が聞こえてきて慌てて飛び起きる。

ガタガタゴンゴン。

真っ暗。

あれ？　飛び起きるといつもは体をどこかへぶつけるのに、今日はどこもぶつけなかった。

「あ！　そうだ！　ここゴミ箱だ！」

と思い出したところで、天井……真上の蓋が開いた。

開いた蓋から月が見える。

あれ？　まだ夜だ。

暗い時間にゴミを捨てに行くのは犯罪者という言葉を思い出す。

まさか、死体を捨てに来たなんて……ことはないよね……。

怖くなってテーブルの陰に隠れると、開いた天井からにゅっと人の頭が突き出した。

ひぃっ！　やっぱり死体を捨てに来たんだ！

月明かりのシルエットで顔はよく見えないけど。

【光】

慌てて呪文を唱えるのとほぼ同時に、突き出した顔が死体じゃなく生きてる人間だと気が付いた。

なぜなら、動いたから。

「うえぇーっ」

そう、ゴミ箱の中に、吐くために顔を突き出したとわかったから。

「ぎゃーっ！」

なんか、ぽたぽたと落ちてきた。は、吐いた？　吐いたよね？

「え？」

私が叫び声を上げると、突き出した顔の人が目を剥いてテーブルの下にもぐっていた私を見た。

「あれ？　す、すまんっ！　ゴミ箱と間違えた！　ここは君の部屋……いくら酔っぱらっていたとはい……」

間違いじゃないです。ゴミ箱です。

「すま……ろろろろっ」

ぎゃーっ！　謝らなくていいから、口を閉じて顔を引っ込めて！

私の願いに反して、謝罪の言葉の途中で、男は再びもどした。

くっさぁーい！

この酸っぱい匂い。

バシャバシャと落ちてきたものが床に当たって飛び散り、私の服も汚していく。

テーブルがあったから直撃は免れたけど！

「【浄化】」

え？　嘘でしょう？　浄化しても臭いままだよぉ！

……そうか。吐しゃ物は腐っているわけじゃないからか。この臭いは吐しゃ物〝本来の臭い〟。

「【回復】」

じゃあ、吐しゃ物をもとに戻そうと、癖のように呪文を口にした。

って、待って。もとに戻すって……口の中に戻っていくってことに……？　ひゃー、それはさすがにごめんなさい。回復しちゃダメなやつだ！

と思ったら、元に戻らなかった。どうやら吐しゃ物は吐き出された状態が完成形というか、相応《ふさわ》しい状態らしい。

……ほっとすると同時に、ひどい臭いのもとに息を止め、ゴミの中にあった布で掃除を始める。

テーブルの下から出て、床に飛び散ったものを拭き始める。

「ほ、本当にすまん。掃除は、俺がするよ」

床を拭き始めると申し訳なさそうな声が降ってきた。

「いえ、大丈夫ですから……」

街中に吐くわけにはいかないとゴミ箱に吐いた。その行為に謝る点は一つもない。

ゴミ箱の中で寝ていた私が悪い……。

「そんなわけにはいかん。あ、部屋に俺みたいな奴を入れるわけにいかないか」

むしろ、入れと人に勧められるわけがない。部屋じゃなくてゴミ箱だし……。

それに私だって、自分で進んで入ったのではなく、捨てられたのだから。

「そうだ、お詫びに、お、お金」

男の人……光魔法で明るくしたのでしっかり顔が見えるようになった。二十代だろうか。ざんばらに切った髪に伸びた髭は濃い茶色。目の色も茶色かな？　顔の作りも半分髪の毛と髭でよく見えない。

酔っ払ってもなお、ちゃんとゴミ箱に吐こうとしたり、私に悪いことをしたと謝ってくれたりと、性格はいい人に間違いない。

お金を取り出そうと、ポケットか鞄か何かに手を入れてガサガサとし始めたようだ。

「うっ」

……。うっ？

嫌な予感っ！

「＊＊＊＊＊」

床を拭くためにしゃがんでいた私の頭上で不穏な音が。

「あーー、す、す、すまんっ。俺は何ということを！」

頭の上からかぶりました。

もう、悲鳴を上げることすらできずに呆然としている……。

幸いにして量は少なく……。って、何も幸いじゃないっ！

く……くっさ。

これは流石に水浴びしないと……。

のろのろと立ち上がると、男の人は顔をぐしゃぐしゃにして謝罪し続けている。

「俺は、何をやってもダメな男だ……ごめん、すまん、申し訳ない」

この酔っ払い、泣き上戸《じょうご》か。今にも泣きそうだぞ。

泣きそうなのはこっちなんですけど！

「うっ」

うっ、じゃなーい！　謝る前に、その顔をそこからどけて！　あ、違う。そうすると街が汚れる。

そもそもゴミ箱にいる私が悪いんだっけ。

あ、そうだ。

「【回復】」

酔っぱらって気持ちが悪くて吐くなら、回復しちゃえばよかったんだ。

「ん？　急にすっきりしたぞ？」

男の人は何がどうなったかわからないという様子だ。

「もう、俺は大丈夫。頭もすっきりした。謝って済むはずもないよなっ」

男の人が、すっと手を伸ばして私の手を掴んだ。

「え？　え？」

そのまま持ち上げられるとゴミ箱の外へと連れられる。

おお、ゴミ箱から出られた！

と、喜んだのもつかの間。

男は、私を小脇に抱えると、走り出した。

ええー、ちょっと！

これは誘拐？

外に出ると男の人の全体が見えた。私を小脇に抱えて難なく走っていけるだけの体格をしている。

まぁ、十四歳とはいえ、十二歳くらいに見える私、当然それほど大きくはない。それでも一四〇センチはあるよ？　背負って走るならできるだろうけど小脇……。

長身で筋肉もありそうだ。服装はどこにでも売っていそうなかなり着古した生成《きな》りのシャツに、革の太いベルトを腰に巻いて、どこにでもありそうな黒っぽいズボンをはいている。ベルトには剣と小さな鞄がぶら下がっていた。冒険者？

っていうか、私はどこに連れていかれるの？

冷静に考えれば、いい人そうだから誘拐ってことはないと思うけど。

「あの、あのぉ！」

声をかけると、男の人が私を見た。

「ああ、大丈夫、俺は怪しい者ではない。ハーグ、冒険者だ」

やっぱり冒険者だった。

「私はミオです。えーっと」

職業は、昨日……までは見習い聖女だったけれど……。

「無職です」

と言えば、ハーグさんがぷっと笑った。

「お前……いや、ミオはまだ子供だろ？　これからなんにだってなれるさ」

……いや、もうすぐ十五歳。十四歳で成人の国なのでもう大人ですが……やはり子供に見えるんでしょうねぇ。

訂正するべきか、どうしたほうがいいかと悩んでいると、ハーグさんの足が止まった。

街の共同井戸の前に降ろされると、ハーグさんはバケツを井戸の中に放り込み、めっという間に水をくみ上げる。

あー、すごい力持ちだなぁ。私も毎日井戸水くんでいたけれど、私の三倍は速い。

なんて、変なところに感心していたら、どばしゃーっと頭から水をぶっかけられた。

うひゃーっ！

神殿侍女に水差しの水を浴びせられたことを思い出す。

まって、もしかして、洗うって、世間で一般的なのは、これが正解なの？　常識知らずなのは私のほうだった？

二度、三度と井戸水をかぶせられた。

「よし、これでいい」

何がいいのか、説明してもらっていいですかね。

確かに、頭からひっかぶった吐しゃ物は流れ落ちたけれども。

全身びしょ濡れ。しかも、まだところどころ残っているのか臭いもする。

井戸からくんだ水は回復をかけてもバケツに戻らない。カップに入ったお茶は飲むまではカップの中に入っている状態が完成した姿だ。井戸からくんだバケツの水は、使った結果が完成した姿。【回復】は、もとどおりよくなる魔法。だから、バケツの水は使用された状態……私を濡らした状態が完成形なので、回復魔法ではどうにもならず、つまり、私は濡れたままだ。

「くしゅっ」

流石に夜に冷たい水を浴びて濡れたままというのは辛《つら》い。

「おう！　すまん！　急げ急げ！」

びしょ濡れのまま再びハーグさんの小脇に抱えられる。

え、今度はどこに連れていかれるの？

もうなんでもいいか……。

風邪をひいても回復魔法で治るし。

と、投げやりな気持ちになっていると、ハーグさんは飲み屋さんに入っていった。

まさか、また飲む気？

私が酔いを醒ましちゃったから……？

と、思ったら、違った。

「風呂、風呂頼むっ！」

ハーグさんはのんべぇたちがワイワイ騒いでいるテーブルの間を抜けて店の人に声をかけた。

「まぁまぁ、びしょ濡れじゃないの、風邪をひいちゃうわよ。風呂ね、すぐに準備するわ」

四十代くらいの恰幅の良い女将《おかみ》さんがあわてて二階へ階段を上っていく。ハーグさんがそのあとを追う。もちろん小脇に私を抱えたまま。

二階にはドアがいくつも並んでいた。

ああ、一階が飲食店で二階が宿屋というお店か。

ドアの一つを開いて女将さんが中に入る。中は脱衣所と風呂だった。

「【水】」

おお！　女将さんは水魔法の使い手！

すごーい。井戸から水くみしなくてもいいんだ。ああ、だから二階に風呂でも、水を運ばなくてもいいから問題ないのか。

「【火球】」

風呂が水で満たされると、ハーグさんが手のひらに小さな火の玉を出して風呂に沈めた。

ぶくぶくと泡を出して火球が水に溶けていく。

おおお、ハーグさんは火魔法の使い手！

神殿には光魔法使いと、魔法があまり使えない人しかいなかったから、見る機会もほとんどなかったけど。

すごい！　一日で二人も魔法使い見ちゃった。

あ、ちなみに魔力を持っている人は十人に一人くらいとそう珍しくはない。

その中で属性をもって魔力から魔法を生み出すことができる人が十人に一人。だから、魔法が使える人は百人に一人くらい。

だいたいは日常生活でちょこっと役に立つくらいの魔法。戦闘や多くの人の役に立つような大きな魔法を使えるのはさらに十人に一人。つまり千人に一人ね。

で、属性の種類は火、水、土、風の四つが多くて、光が少ない。闇はもっと少ない。歴史上、数名だと言われている。……けれど本当のところはよくわからないんだよね。闇魔法は忌避《きひ》されてるから、使えることを隠しているだけで本当は光魔法の使い手程度にはいるんじゃないかとも言われている。

いつか闇魔法使いにも会ってみたいなぁ。

「ほら、風呂、入れ。あ、石鹸《せっけん》とタオルと着替えが欲しい」

ハーグがお金を取り出して女将さんに渡した。

「石鹸とタオルはあるけど、着替え？」

私の姿を上から下まで眺める。

「うん、この時間クリーニング屋もやってないし服屋も閉まってるからね、中古の服でサイズが合わなくても構わないなら準備できるけど」

「とりあえず着られればいい」

え、あの……っ。

「ハ、ハーグさん、わ、私お金を持ってないので」

石鹸がなくても大丈夫だし、服も自分で洗うし、乾くまでは少し寒いけれど……。

「ははっ、子供が遠慮するもんじゃないよ。お礼を言ってやれば十分だよ」

女将さんが笑うと、ハーグさんが、しゅんっと頭を下げた。

「お礼を言われる立場じゃない……俺が謝る立場なんだ」

ハーグさんの言葉に、女将さんが目を吊り上げた。

「ハーグ、あんた子供に何したんだい？　謝らなきゃいけないようなこと」

「……た」

「は？」

「気持ちが悪くなって、吐いたら、吐いたものがこの子……ミオがいて、頭からその……ひっかぶせて……」

女将さんがハーグさんをにらみつけた。

それから、棚の箱から石鹸の小さなかけらを二つ取り出した。

「一つはサービスだよ。しっかり洗って綺麗になるといいよ」

女将さんがにこりと笑う。

「え？　あの、でも……」

ゴミ箱にいた私も悪いんですっ。

「さぁ、冷めないうちに風呂に入りな。着替えは準備しておくからね。ほら、ハーグ、お前も臭いからさっさと水浴びしてきなっ！」

女将さんがハーグさんと脱衣所を出て行った。

……えーっと。風呂……。

王宮神殿に引き取られたときに一度だけ入ったことがある。

服を脱いで、石鹸を手に風呂場へ足を踏み入れる。

湯船に手を入れると、ほんわり暖かくて、濡れて冷えた体がほぐされる。

お湯で石鹸を泡立たせて髪や体をしっかり二度洗ってから湯船に浸かる。

「はぁー」

思わず声が出る。

なんて気持ちがいいんだろう！

ゆっくり風呂に浸かって出る。

……お湯はどうしたらいいんだろう？

「えーっと、とりあえず【浄化】【回復】」

うん、お風呂場ピカピカですし、お湯も清潔になりました。

脱衣所にはいつの間にかタオルと着替えが置かれている。

聖女見習いの服は回収されているため、用意された服を着る。

淡いピンクに染められた足首までのワンピースだ。

……ウエストの位置がお尻のあたりになっているし、袖が指の先まであるので、本当はひざ下くらいまでのワンピースかもしれない。

袖を折り曲げて、下がっているウエストを腰まで引き上げ、ゴミ箱で拾ったエプロンの紐で締める。

「【回復】」

魔法を施すと、淡いピンクがほんのりと鮮やかな色を取り戻す。裾に施されていた小さな黄色い刺《し》繍《しゅう》もはっきりとした色を取り戻した。

「色のついた服だ……」

聖女見習の服はほぼ白。純白だとかなんだとか白が聖なる色とされていたためだけれど、何もない虚無感みたいなのを感じてあまり好きじゃなかった。

えへへ、嬉しい。

あ、でも、良いのかな？　本当にもらってしまって……。

借りるだけで、見習い服が乾いたら返そう。

更衣室のドアを開くと、廊下にハーグさんがいた。

土下座の姿勢をとっている。

「ほんっとうにすまなかった！」

えええ？

まさかずっとその姿勢で私が出るのを待っていたの？

いや、びしょびしょだから水浴びをしてきたんだよね。

「あの、ぜ、全然大丈夫ですからっ！」

「いや、いくら酔っぱらっていたからといって、ゴミ箱と間違えて部屋を汚した挙句、頭の上に吐くなんて……」

「ほ、本当に大丈夫です、私も悪かったんです」

ゴミ箱と間違えてなんていません。私が勝手にゴミ箱に住み着いていたんです！

あ、違う、私をゴミ箱の中に放り込んだのは二人の下級兵だから、悪いのは下級兵？

いえ、そもそも捨ててこいと命じた皇太子殿下ですっ！　なんて言ったら不敬だ！

ああ、もう悪いのは皇太子殿下？

ってことは、言えない。

「と、とにかく私はその、風呂にも入ることができたし、もう充分なので、ハーグさんも風邪をひいちゃいますから、入ってくださいっ！」

土下座姿勢のハーグさんの手を引っ張って立たせる。

まぁ、風邪をひいたら回復で治しますけど。

それから背中を押してハーグさんを脱衣所に押し込んでからドアを閉める。

ほぉっと息を吐き出すと、すぐに脱衣所のドアが開いた。

「ミオっ、お前本当に風呂に入ったのか？　まさか風呂の使い方を知らなかったんじゃないよな？」

全裸のハーグさんが顔を出した。

「ぎゃーっ！」

思わず顔を覆う。

めちゃくちゃ立派な筋肉をしてるのをしっかり見ちゃいました。

「あ、ああ、すまん」

ばたんとドアが閉まって、すぐに開いた。腰にタオルを巻いた状態のハーグさんが再び顔を出す。

「ちょ、違う、そうじゃない！　私の視界に入るのは下半身じゃなくて上半身なんだってば！　その胸板とか！

「ちゃ、ちゃんとお湯に浸かりましたよ。風呂には昔一度だけ入ったことがあるので使い方は知ってます！」

ドアノブをつかんでドアを閉める。

すぐに再びドアが開く。

「いや、だがそれにしては風呂が綺麗すぎる……」

「本当に入って温まりました！　石鹸も使わせてもらいましたっ！」

ハーグさんがぐっと上半身を折り曲げて私の頭に顔を近づけた。

くんっと髪の匂いをかぐ。

「本当だ。いい匂いがするな」

いい匂い……初めて言われた言葉に心臓が跳ね上がる。

いや、単に石鹸の匂いですけどね。私の匂いじゃないですけども。

「それに、綺麗な髪をしてるな。青銀なんて珍しい」

綺麗な髪？

そういえば、王宮神殿にいるときは風呂には入れないから、体は拭いていたけど髪をしっかり洗ったことはなかった。浄化魔法を使って綺麗にしたこともなかったから、知らなかった。

私の髪、灰色じゃなかったのか……。

するっと肩の下に落ちてきた長い髪を手に取ってみる。

確かに、青みがかった銀色をしてる？

ハーグさんが私の頬に手を当てた。

「顔も綺麗になってるな。うん、べっぴんさんだ」

え？　べ、べっぴんさん？

「お、お湯が冷めちゃいますから」

ハーグさんの体を手で押してドアを閉める。

「あははは、冷めればまた温めるだけだけどな」

今度はドアが開かなかった。

……そうか。ハーグさん火魔法使えるからお湯は作り放題なのか……。

階段を下りていくと、客が帰った食堂というか飲み屋さんで女将さんが片付けをしていた。

「あの、ありがとうございました」

声をかけると、女将さんが私に視線を向けた。

「まぁ！　綺麗になったわね。良かったわ。……かわいい子が着ると、服も輝いて見えるわね。もっと色褪せたと思っていたけれど……」

か、かわいい？　ハーグさんといい女将さんといい、お世辞だよね。

「あの、この服……洗ってお返ししますから」

女将さんが笑う。

「返さなくてもいいよ、そもそもハーグに売ったものだからね。返すならハーグに返してくればいいよ。まぁハーグがこの服を着るのを想像すると……ぷっ。あはははは」

ハーグさんが、この服を？

淡いピンクで裾に黄色い刺繍の施されたワンピース……を？

髪がもしゃもしゃで髭面の胸板の厚い男の人が？

想像して思わず笑いが漏れる。

「くすっ」

「ね？　ハーグからもらってやりな」

女将さんに言われて素直に頷く。

「あの、お礼をさせてください」

「お礼？　風呂代ならもらってるし」

「石鹸を一つサービスしてくれたお礼です」

女将さんがちょっと首をすくめた。

「それくらい構わないのに。いい子だねぇあんた。ミオだっけ。わかった。じゃあ、皿洗いをお願いしようかね？」

「はいっ！　皿洗いなら得意です！」

王宮神殿でもさんざんやっていたから。

女将さんが洗い物を運んで、洗い場に水魔法で水をためてくれる。

「すごい。水くみしなくていいなんて、こんなに楽に皿洗いしていいんですか？　ありがとうございます！」

「あはは、手伝ってもらうのにお礼を言われちまったねぇ」

そ、そうですよね。何を言ってるんだろう。

ぼろ布で水につけた汚れをこすり落とす。油汚れは灰をこすりつけて落としていく。

それから水で流したあとに【浄化】【回復】。

汚れが落ち、欠けたり削れたりしたところがもとどおりになる。

ただし、かけらが魔法が届く範囲に存在する場合は……だ。

人の体も、なくなった腕《は》を生やすことはできない。腕があればくっつくけど。

道具も同じ。近くに取れた部分があれば直るけれど、なければそこはもとに戻らない。服の虫食いの穴とかね。虫が食べちゃった部分はもとには戻らない。でも、ひっかけてあいた穴は直る。

「そうだ、お世話になったお礼に【浄化】【回復】」

食器棚に並ぶ他の食器にも魔法をかける。

「終わりました」

テーブルを拭いていた女将さんに声をかける。

「もう終わったのかい？　ありがとう、助かったよ」

「私のほうこそお世話になりました。ありがとうございます」

外を見ると、ぼんやりと朝日が昇り始めている。

「あ、もう朝なんですね」

「ああ、そうだね。うちは深夜に営業を終えて、朝店じまい。泊まり客のほとんどは冒険者だからね。夕方からが稼ぎ時なんだよ。で、ミオはどうする？　夜中にあんなことがあったんだ、少し休んでから帰るかい？」

「いえ、もう帰ります」

これ以上迷惑はかけられないので。

……とはいえ、帰るといっても、宿なしなんですけどね。

「そうだね、家の人も心配しているだろう」

家の人はいないんですけどね。

「では、お世話になりました」

ぺこりと頭を下げ、宿を出る。

えーっと……。

街に出たものの、ここはどこでしょう？

ずっと神殿で過ごしていて街に出たのはこれが初めてで、全然どこに何があるのかわからない。

そればかりか、ハーグさんに小脇に抱えられてすごいスピードで連れてこられたうえに、夜だったので全然私の捨てられたゴミ箱がどこにあるのかわかりません。

仕方なく早朝の街を歩いていくと、ゴミ箱を馬車に繋いでいる人の姿が見えた。

「あの、ゴミ箱をどうするんですか？」

「ん？　そりゃゴミ捨て場へ持っていって捨てるのさ。今日はこの地区の回収日だからね。何かゴミを捨てたければ別の地区のゴミ箱まで運んでくれ」

……なるほど。地区ごとに決まった日にゴミ箱を運んで中身を捨てちゃうんだ。

「おい、ちょっと出発は待て。まだ使えそうなものがゴロゴロ入ってるぞ？」

馬にゴミ箱を繋いでいる人とは別に、ゴミ箱の中身を確認していた人が驚きの声を上げた。

「お前お得意のゴミあさりか。いくら使えそうと言っても、生ゴミまみれで洗って使えるように綺麗にする手間を考えたら損しかないっていうのが結論だろう、よほどの品が出ない限り」

「いや、だから、見てみろって。驚くぞ、臭くもなんともない、いや、ちょっとゲロで汚れてるものもあるが、半分以上は新品みたいだぞ」

ゲロで汚れている？

……男の人が、私が使っていた椅子を手に取って見せた。

「ほれ、この椅子も」

ああ、やっぱり。このゴミ箱が私が捨てられたゴミ箱だったんですね。

……今日はゴミ捨て場に移動するんだ……。ここには戻れないんですね……。

はぁー。

どうしよう。

お金もないし。

くぅーとお腹が鳴った。

馬に繋いでいた男の人が椅子を見てゴミ箱の中身を覗き込んだ。

「なんだこりゃ、いったい今日はどうしちまったんだ？　売れそうなもんがいろいろあるじゃないか」

売れる？

……ああ、壊れた椅子を回復すれば売り物になるのか。

いいことを聞いた。

ゴミを回復して売れば、そのお金でご飯が食べられるかも。

ゴミ箱を探さないと。

この地域は今日は回収日だって言っていたから、別の地区に行かないと。

◇ハーグ視点◇

まるで新築したように綺麗な風呂に浸かって首をひねる。

「ミオが何かしたのか？　掃除？」

小さなやせ細った子供だが、妙に遠慮深いというか、腰が低いというか……。

どう考えたって、俺が悪いのに。

部屋にゲロぶちまけただけでなく、追いゲロを頭からぶっかけるなんて……。

これが、元パーティーメンバーなら……。

魔法使いのリリーは、汚した服の代わりに新しいドレスを買え、それに合う宝石も買えって言うかな。

剣士のシューレンは、あのときは大変だったなぁと三年はねちねち言い続けるだろう。

戦士のガガルは、ゲーロだとか、変なあだ名をつけた挙句、酒の肴《さかな》に行く先々で人に言って笑いものにするに違いない。

とにかく、あの三人なら無遠慮に搾り取れるだけ搾り取るようなことをしでかしたというのに……。

ミオなら申し訳ないから代わりに掃除をしておこうとか考えそうだよな。

いや、でもちょっと掃除したくらいでこんなに綺麗になるわけないか？　それとも何か特別なコツがあるのか？

ぶくぶくとお湯の中に沈む。

……もう三年だ。パーティーを追放されて三年も経つというのに。まだ三人のことを思い出すとは。情けない。

頭の上までお湯の中に入る。

ミオと比べると、三人の性格は最悪だろう。

なぜ三人に固執してるんだろう。

もう、いいじゃないか。やることは全部やった。それでもダメだったんだ。

今度は……ミオのように優しい人間とパーティーを組んで、上を目指すよりも楽しく冒険していこう。

うん、そうしよう。

湯船から勢いよく跳び出す。

昨日で完全に諦めたはずだ。もう、何をどうしても昔には戻れないと知ったんだから……。

ぱーんと頬を勢いよく両手で叩くと、脱衣所に置かれたタオルで体を拭く。

服は……しまったな。着替えは部屋か。

タオルを腰に巻いて脱衣所を出る。

「あれ？　ミオは……？」

廊下にミオの姿はない。……と、当たり前か。下かな？

下りていくと、すでに客は帰って女将さんが床を掃き掃除しているところだった。

「ミオは？」

声をかけると、女将さんが迷惑そうな顔を向ける。

「ハーグ、いくら常連で、我が家のように思ってくれてるからって、そんな格好でうろつかないでくれるかい？」

「あ、すまんその、ミオを待たせちゃ悪いと……」

「あの子なら帰ったよ」

え？

「ええ？　帰った？　帰った？」

「何を驚いてるんだい？　帰る場所があるなら帰るだろ。もう外も明るくなってきてるし」

外を見れば確かにうっすらと東の空から明るくなりはじめている。

確かに、俺はいったい何をそんなに驚いているんだろう。

ろくに詫びられなかったのが心残り……なのかな。

それとも、最悪の気分で飲んで、さらに最悪な状態になっていたのに、ミオと会ったおかげで、気が付けばすっかり……とは言わないまでも、気持ちに踏ん切りがついたというか、切り替わったからなのかな。

お詫びじゃなくて、そのお礼がしたい。

捜せばすぐに見つかるよな。家はこの近所だった。酔っていたからはっきりした場所は覚えていないけれど、大体の場所ならわかる。

朝日に目を向ける。

俺も、なんか今朝日みたいだ。新しい気持ちで、これから新しい人生を昇っていく。

「なんだ、ずいぶんすっきりした顔してるじゃないかハーグ。昨日は遅くまでぐちぐち言いながら〝悪い酒〟を飲んでたってのに。残ってないのかい？」

聞かれて首をひねる。

「そういえば、二日酔いになってないどころか、ずいぶん調子がいい。全部吐いたからかな？」

それとも、気持ちが前向きになったからか。

「そうかい。じゃあさっさと部屋に戻って一眠りしたらどうだい。その前に水を飲むなら出してやるよ」

「頼むよ」

女将さんはなんだかんだぶつぶつ言いながらも面倒見がいい。

そうだな。今日は二日酔いで一日ベッドの上かと思っていたが。これだけすっきりしているなら冒険者ギルドに行って、何か軽く依頼を受けて……いや、さっそく新しいパーティーのメンバーでも募集するか？　いや、その前に簡単な依頼を達成した後に、ミオを捜そう。

どうしてもお礼を言いたい。お詫びじゃなくてお礼だ。前向きな気持ちになれた感謝を伝えたい。

新しい俺の人生の門出《かどで》。感謝の気持ちでスタートしたい。

「ひゃーっ！」

厨房にコップを取りに行った女将さんの悲鳴が聞こえてきた。

何事だ？


慌てて厨房に飛び込むと、女将さんがコップや皿を手に持ち呆然と立っていた。

「どうしたんだ？」

特に危険そうな状況でないことに、ほっと息を吐き出してから声をかける。

「ど、どうしたもこうしたも……どうなってんだい……」

いや、何がどうなってるのかがわからない。女将さんも混乱しているのか説明になってない。

「ほら、これ、見てごらんよ。わかるだろ？」

女将さんがコップを差し出す。

ずいぶん綺麗なコップだ。

「いつもの使い古したコップでいいよ。新しいコップをわざわざ出してくれなくたって」

俺の門出を祝ってくれるつもりだろうか？

いや、俺は新たな気持ちで再出発するだなんて宣言してないよな？

「ばか、ハーグにわざわざ新しいコップを出すわけないだろ、っていうか、新しいコップなんてここ十年買ったことがないよ」

「いや、手に持ってるのはどう見ても新しそうだが？　十年も使っているものには見えない」

「だろう？　だから驚いてるんだよ。全部食器がピカピカだよ」

全部ピカピカ？

言われてみれば、洗ったものを置く場所には、新品に見えるピカピカの皿がまだ水滴を残して重なっている。

そこで一つ思い出した。

「そういえば風呂もミオが出たあとピカピカだった。ミオが出る前に掃除でもしたのかと思ったんだが……」

女将さんがポンっと手を叩いた。

「そうだ、今日はミオが皿洗いを手伝ってくれたんだ。……確か、ミオが皿洗いは得意ですと言っていたよ。なるほど、短時間でこれほど綺麗に洗い上げるなんて得意なだけはある」

うんうんと女将さんが納得したように頷いている。

いや、流石に得意で済ませるには綺麗すぎる気はするが？

「おっと、水だったね。【水】」

女将さんがピカピカになったコップに水を満たす。

……いくら得意だからって、これほど綺麗に洗うことができるなんて、ほんとうにすごい。

……そういえば部屋も、酔っていてあまり覚えていないけれど、隅のほうにいろいろな物が乱雑に置かれてはいたけれど、床や壁やテーブルや椅子はどれも美しく磨き上げられてたな。

掃除魔法なんてあったかな？　ないよなぁ。いや、風魔法使いは、落ち葉やほこりを風魔法を使って集めて掃除をすると聞いたことがある。もしかしたら洗い物に適した魔法っていうのもあるのか？

いや、聞いたことない。

ってことは本当に掃除が特技なんだろうか。どんなコツがあるのか、もしかしたら特別な洗剤を持っているとか？

水を飲んでから部屋で一眠りする。

ダンジョンにしっかり潜るなら朝早くから行動したほうがいいが、軽く依頼をこなすだけなら朝の依頼書の取り合いになっているような混雑した時間を避けたほうがいいからな……。

……別に、会いたくない人間を避けようと思っているわけではない。

――なんて、考えたのが悪かったのか。

「よお、ハーグ様、おっと、今は〝様〟をつけなくちゃいけないような人間じゃなかった。ハーグ。久しぶりだなぁ」

B級冒険者向けの依頼書を見ていたら、背後から背中をたたかれた。

この声は振り向かなくてもわかる。

「なんだ？　S級冒険者が、B級の依頼を見ているとはどういうことだ？」

うんざりするくらい繰り返されるやり取り。

何が面白いのか、頬に×印の傷を持つ大柄な男はいつもこうして俺の顔を見ると絡んでくる。

「おっと失礼。ハーグはもうS級冒険者じゃなかったなぁ。足を怪我して、ろくに戦えなくなったからパーティーを追い出されてB級に降格したんだっけなぁ」

もう、三年も前の話だ。いまだに昔S級だったことを口にする奴など、こいつと元パーティーメンバー、それから……酔っぱらった俺くらいだろうな。

またいつかS級に上り詰めてやるなんて酔うと夢を語りだす癖があるらしい。

「素直に引退しておけばいいものを」

そうだ。

怪我をして引退する冒険者は多い。一度上がったランクを落としてまで冒険者として残る者はそれほど多くない。

残るのは、冒険者しかできない馬鹿か、再びランクを上げる夢を追う馬鹿のどちらかだ。

俺は昨日までは後者の馬鹿だった。


昨日の長かった一日を思い出す。

聖女に見てもらえば怪我の後遺症も治してもらえると思ったのだ。それで三年かけて伝手《つて》をつくり、なんとか王宮神殿の聖女に魔法をかけてもらった。

冒険者は怪我をするのは日常だ。それゆえに順番を待ち礼拝堂で回復してもらう申請はできないのだ。もし冒険者も申請して順番が待てるようになってしまえば、ただでさえ一日三百人と少ない貴重な枠が冒険者で半分以上埋まってしまうだろう。

だから、冒険者は怪我も病気も、基本はポーションを手に入れて治すしかない。

レッドドラゴン討伐……。S級パーティーのメンバーだったときの最後の戦い。

ドラゴンを討伐するのは初めてではなかった。だから甘く見てしまった。油断したんだ。

レッドドラゴンは火属性のドラゴンだ。火属性魔法を使う俺との相性は最悪で……。足に大きな傷を負った。

すぐにポーションで治療したが後遺症が残ってしまった。

素早く動こうとしたときに、時々足に力が入らなくて膝をついてしまうのだ。そのあと、足に電気が流れたようなしびれる痛みを感じる。

B級レベルのモンスターであればそれでも対処できるが、それ以上となると一瞬動きが取れなくなっただけで命取りだ。だから、俺はS級からB級へとランクが落ちた。

それとともに、あっけなくパーティーを追放された。

「お前がいたら足手まといになる」と。それは当たり前のことだから仕方がないことだった。

しかし、「怪我を治して戻ってくる」と言ったときのあいつらの言葉が忘れられない。

「やっだぁ。引退しないの？　恥ずかしい。S級だったのに、ランクが落ちるんだよ？　元S級冒険者って肩書を持って引退したほうが絶対いいじゃん」

「戻ってくるまでお前の穴を俺らが埋めないわけねーじゃん。他の奴をパーティーメンバーにしてるっての。そいつがお前より使えなきゃ入れ替えてやってもいいけど、B級落ちした奴が無理じゃね？」

「今までお前一人で戦ってきたつもりなのでしょうかねぇ？　私たちと一緒だったから、S級になれたんでしょう？　お前のように単細胞で突っ込むことしかできない馬鹿が、再びS級に上がれるとでも？」

「ふふー、そのとおりよ。引退しちゃいな」

「もう俺たちの前に現れるな」

「ああ、それから、私たちのことはこれからはちゃんと様付けで呼ぶように」

「装備はパーティーの財産だからもらってくわ」

……パーティーの資金とは別に、自分の分け前で買った装備をうやむやのうちに持っていかれ手元に残ったのはわずかな金貨だけだった。

見てろよ。ちょっと足に後遺症があるからって、この足での戦い方に慣れればすぐにまた上がってやるさ。

そう思った一年。

ポーションで治らない怪我を聖女様なら治せると耳にして伝手を探した一年。

聖女様への治療費としてお金を貯めた一年。

そしてついに昨日、念願が叶って王宮神殿の聖女様のもとへと行くことができた。

「聖女の力も万能ではないわ。あなた自身の祈りに力がなければ治りません」

そう前置きをされて魔法をかけてもらった帰りだ。

すぐに足の状態を確認するために訓練をしてもいいのか、聖女様に確認しようと足を止めると声が聞こえてきた。

「最悪よ、騎士様の紹介で来た男。あれ冒険者よ。騎士様だと思ったのに。汚い服装した男」

「まじで？　冒険者だったとしたら馬鹿よね。最上級ポーションで治らなかった怪我なんて、聖女の力でも治るわけないのに」

「ほんと。でもまぁ、こっちとしては金さえ払ってもらえば一応魔法はかけるけど」

あははという笑い声を聞きながら、俺はその場を駆けだした。

王宮神殿を出たところで、足に力が入らず膝をつく。

雷に打たれたような激しい痛みが足から全身へと広がる。

その痛みが、聖女が笑いながら話をしていたことが真実だと俺に伝える。

聖女の魔法でも俺の怪我の後遺症はどうにもならない。

くっ。

いったい、俺のこの三年間は何だったんだ！

俺は……俺は……。

宿に戻り、宿の一階にある飲み屋で酒を浴びるように飲んだ。

「ハーグ、飲みすぎだよ」

途中、女将さんに声をかけられたが、無視して酒を飲み続け、しまいには店を追い出された。

「いくらなんでもこれ以上酒は出せないよっ！　外の空気でも吸ってきな！」

と。

しかし、今日ばかりは女将さんが俺の身を心配してかけてくれた言葉に従うことはできなかった。

外に出て、そのまま別の酒場で酒を飲む。

酒の飲みすぎで体を壊したってかまうものか。

俺の足はもう一生このままだ。

明日は酒が残って二日酔いだろう。でも知ったことか！

「お客さん、閉店だよ。出てってくれ」

店を追い出され他に飲めるところはないかとふらふらと街を歩いていると、急に吐き気に襲われる。

「うっ」

吐く！

そう思ったときにちょうどゴミ箱が目についた。

吐いて街を汚すわけにはいかない。

慌ててゴミ箱に駆け寄ろうとして、また足が動かなくなり膝をついた。

痛みが走る。吐き気は一瞬止まったものの痛みが弱まると吐き気が強まる。

足を引きずりながらゴミ箱にたどり着く。

ゴン。ゴンッと、ゴミ箱の蓋を開けて顔を入れるまでにずいぶん手間取った。思った以上に体が言うことを聞かない。そうとう酔っぱらっているようだ。

今にも吐きそうな状態で、間一髪、蓋を開けてゴミ箱に顔を突っ込んだときだ。

小さな悲鳴が聞こえ、ミオと目が合った。

ろくに食べることもできていないのかガリガリに痩せた子供。そんな子供に迷惑をかけた自分が情けなかった。

俺は、いつまでも上に上がることを夢見る馬鹿だった。

だが、その夢は打ち砕かれた。

そして、みっともなく酔っ払い、子供に迷惑をかけて初めて自分の愚かさを自覚した。

これからは、無謀な依頼は受けずに、冒険者を続けていこう。

C級より上に上がれないのに五十や六十になるまで冒険者を続けている人を哀れな目で見たこともあったが。

案外とても賢い生き方なのだと今ならわかる。

無理して三十歳や四十歳で引退せざるを得ない冒険者よりも、よほど上手な生き方だ。

冒険者しかできない馬鹿な俺だ。若くして引退したとして、それから何ができるっていうんだ。

そんな昨日のことを思い出しながら、顔に×印の男の「素直に引退しておけばいいものを」という言葉にするりと言葉が出た。

「引退？　しないさ。C級やD級にランクが落ちても、俺は冒険者を続けるよ。この仕事が好きなんだ」

「は？」

「もう、ランクを上げようと思わないことにしたんだ。むしろ、五十や六十になっても冒険者を続けたいというのが今の俺の新しい夢だ」

つきものが落ちたというのは、こういう状態なのだろう。

悪意ある男の言葉もどうってことはない。笑って答えられる。

「負け惜しみか？　かわいそうに！　元S級冒険者様は、今ではA級の俺様よりも落ちぶれたB級だもんなぁ」

ふと、今まで気にもとめなかった男の顔の傷が気になった。

顔に傷があるということは、一歩間違えれば頭をやられて死んでいたということだ。

「……お前も――ブルドも無理して死ぬなよ」

顔見知りの冒険者が命を落としたと聞くのは気持ちのいいものではない。たとえ俺を嫌っている者でもだ。

俺の言葉にハトが豆鉄砲を食ったような顔をするブルド。

動きが停止している隙に、B級冒険者への依頼書からC級冒険者でも達成可能そうな簡単な依頼書を一つ取って受付カウンターに向かう。

「ハーグさん、後遺症治ったんですか?」

カウンターに着くなり、受付の元A級冒険者の女性が目を丸くしている。

ああ、もしかしたら昨日聖女のところへ行ったのを耳にしたのかな。

ここ一年は聖女に怪我を治してもらうために俺が金を貯めていたと知ってるからなぁ。

「いや。ポーションで無理だったものは無理だってさ」

苦笑いする。

ギルドの職員でも、聖女がポーションで治らなかった怪我を治せないのを知らないんだな。

知っていたら、無駄金を使わないように止めてくれていただろう。。もしかしたら、あれは王宮神殿の極秘事項なのかもしれないな。祈りが足りなければ……なんてもっともらしいことを前置きしていたし。

「そうですか? でも、なんだか怪我をする前の動きをしていたような? 歩き方が変わりましたよね?」

ん?

「そう見えたとしたら、治ったのは心のほうだ」

俺の答えに、受付嬢がきゃーと小さな悲鳴を上げた。

「聖女様は、心を癒やすご奉仕までするんですかっ！」

受付嬢の声に注目が集まる。

「いや、待て、違う、違う、俺の心を癒やしてくれたのは、ミオっていう子供だ」

俺の言葉に、受付嬢が青ざめた。

「ハーグさん……子供に手を出すなんて最低ですよ……見損ないました……」

「ち、違う！　そういうことじゃない！　純粋な心に気持ちが洗われたというか、なんか、こう……掃除がやたらと得意な子供だったんだが、俺の心も掃除されたみたいな……？　なんていうか……こう、心が、すっとな」

受付嬢の表情が戻った。

誤解は解けたようだ。

「で、怪我は？」

「無理だったって言ったろ？　神殿で祈りを捧げた後……聖女に魔法をかけてもらった後も二度膝をついた」

受付嬢がちょっと残念そうな顔をする。

「そうですか……噂では、どんな怪我や病気も聖女様に治してもらえると聞いていたのですが……。もしかしたらポーションで治らなかった怪我を治せる聖女様がいるのかもしれないと少し期待していたんですよ……残念ですね」

ああ、そういえば。この受付嬢も怪我がもとで引退したんだったな。

藁《わら》にもすがる思い……。俺の気持ちをよくわかっていてくれた。

「まぁ、でもおかげで、踏ん切りがついた。悪いことばかりではないさ。肩に力が入っていると動きが鈍るだろう？　俺さ、焦りだとか不安だとか妬《ねた》みだとかいろんな感情で変な力《りき》みがあったんだと思うんだよな。それがなくなったから、体の動きも変わったんだろう」

受付嬢が首をかしげる。

「そう、なのかしら？　まぁ、なんにせよ。すっきりした顔をしているから良かったのよね。はい、依頼書の受付完了、行ってらっしゃい」

体が軽い。

心も軽い。

スキップしそうな足取りでギルドを後にする。

その背を見て、再び受付嬢が首をかしげていたのに俺は気が付かなかった。

「まるで後遺症などないみたいな、昔の動きに見えるんだけど……」

第二章　ゴミ屋敷の住人と会いました

あ！　ゴミ箱発見！

あれから街中を歩くこと三十分くらい。

私が捨てられたゴミ箱と同じような馬を繋げる箱型の車輪が付いた箱があります。

近づいて、見上げる。

「ん……ん？」

手を伸ばすと、かろうじて蓋には手が届くけど、とても中がのぞける感じではない。

そりゃそうか。箱の中で立ち上がれる高さの箱が車輪の上に乗っかっている。車輪の分高くなっているんだから。

きょろきょろと見回すと、木箱が一つ置いてあった。

十歳くらいの子供が何かを両手で抱えてやってきて、木箱の上に乗ると抱えていたものを中に放り込んだ。

なるほど、あれは踏み台用の木箱。運んできたのはゴミなんだよね？

子供がいなくなってから、木箱に乗る。

中はのぞけるようになった。十歳の子よりは背が高い、私！　えっへん。

じゃなーい！

中がのぞけても、こっからどうやって中に入るの？

どう考えても箱の縁に手をかけても、よじ登る自信はない。

昨晩は下級兵が中に入れてくれたから入れたけど……。

しかも、なんとかして中に入れたとして、どうやって外に出るの？

昨日は蓋が開けられなかったし。運よく蓋が開いている隙に、ゴミを踏み台に中から外に出られそうでも、外に出るには飛び降りるの？　こんなに高いところから？

昨晩は、ハーグさんにひっぱりあげられて外に出たんだ。

……あれ？　あれれ？

ゴミ箱の中に自由に出入りするのって、もしかしてすごく難しいことなのでは？

うーん。

でも、魔法をかけてしまえば、臭いも気にならなくなる。

それになんと言っても風雨がしのげるし、階段下より広くて手足を伸ばして寝られる場所だ。

……宿屋に泊まるお金はないし。流石に街中の石畳の上で寝るのは辛そうだし……。

うーん。

……梯子《はしご》があればいけそう？

それとももっと高い踏み台になる木箱？

「ちょっとどいてよ」

後ろから声がかかり慌てて木箱から降りる。

「ご、ごめんなさい」

すぐに私がどいた木箱に上がって男の子がゴミを捨てた。

おや？

さっき見た十歳くらいの男の子だ。

袖口が擦り切れてボロボロになっているサイズの合わない長袖のシャツに、膝までの薄汚れたズボンをはいている。

足は裸足だ。

ゴミを入れると、男の子はすぐに去って行った。

どんっと肩に何かが当たった。

「ああ、ごめん、見えなかった」

樽《たる》を抱えた大柄な男の人だ。

そのまま樽をゴミ箱の上で逆さまにすると、樽の中から生ゴミがどしゃどしゃと出てくる。

うわー。もし、ゴミ箱の中にいたら、あのゴミを頭からかぶっちゃうのかぁ……。

想像して身震いする。

昨日のゴミ箱は生ゴミが比較的少ない地域だったのかなぁ……。

ハーグさんは吐くためだったから頭をのぞかせてたけど、他の人はゴミ箱の中なんて見ないでゴミをどんどん入れるのが普通……だよねぇ。

じーっとゴミを捨てる様子を見ていたら、樽の中身を全部捨てた男の人と目が合った。

「ん？　さっきぶつけたところ痛むか？　悪かったな」

「あ、いえ、大丈夫です。その、あの、すごいゴミの量だなぁと思って見てました」

男の人が空《から》になった樽を肩の上に担いだ。

「あはは、これはゴミ回収の仕事だ。二十軒分くらいのゴミだからな」

「ゴミ回収の仕事？」

「そう。自分で捨てに行く手間を省きたい人の代わりに回収して回っている。一軒で銅貨一枚と安いが十軒回れば大銅貨一枚、百軒回れば銀貨一枚になるからな」

銅貨一枚ってどれくらいの価値があるんだろう。

確か聖女に個室で見てもらうには最低金貨十枚からだと聞いたことがある。紹介者がいるかいないか、それが誰なのかなどいろいろな要素で値段は変わるらしいけれど……。

「宿に一泊できますか？」

男の人が、うんと頷いた。

「安い宿なら大銅貨一枚もありゃ泊まれるが、大部屋の雑魚寝《ざこね》だ。個室にベッドなら安い宿で大銅貨四枚か。風呂や食事もついた宿なら大銅貨五枚からってとこだろうな。つまり、俺の仕事は十件回れば大部屋の宿には泊まれる。ただ、この仕事は臭いがキツイのと、ゴミを出すほうも一回が銅貨一枚だからって、十日分とかためて出す奴もいるからなぁ。なかなか重労働だよ」

なるほど。

「私には無理ですね」

「あはは、まぁ、力があっても縄張りってやつがあるからなぁ。仕事を探してるならギルドに行って探すといいぞ」

「ギルド？　教えてくれてありがとうございます。えーっと、お礼にベルトがこの辺ちぎれそうなので直しますね」

ズボンをつっているベルトの一部がちぎれそうになっているので【回復】した。

「ん？　ああ、外れそうになってたか？　直してくれてありがとよ。じゃあ、いい仕事見つかるといいな！」

「はい、ありがとうございます」

いろいろ勉強になる。

仕事はギルドで探すのか。何ギルド？　冒険者ギルド？

「お前、まだいたのか？」

ん？

振り返ると、十歳くらいの少年が再びゴミを抱えて踏み台に乗るところだった。

返事をする前に、ぐぅーとお腹が鳴る。

「なんだお前、腹減ってんのか？」

裸足の少年は私の姿を上から下まで見てから同情的な表情を浮かべる。

「サイズは合わないけど新しそうな服着てるし靴も履いてるから親はいるんだろ？」

「親とは七年前から会ってないよ。服は、えーっと、私の頭の上から吐いてゲロまみれにした人がお詫びに中古を買ってくれたの」

　少年が眉根を寄せた。

「なんだ、お前も家なし親なしか？　ろくに食べてないんだろう。おいらよりガリガリだもんなぁ」

　家なし親なし？

　……私も？

　ってことは、この男の子は住むところもなくて、親もいないってこと？　いわゆる……孤児？

「ほら、食えよ」

　少年がポケットからガチガチに固くなったパンを取り出して私に差し出した。


　ちなみに、そのころ王宮神殿では……。

「あら？　なんだか今日はいつもより汚いわね。全体的に汚れてる……？　掃除を誰がさぼってるの？」

　まだ、混乱らしい混乱は起きていなかった。


　差し出されたパンに手を伸ばすことができないでいると、男の子が私の手にパンを押し付けてきた。

「遠慮すんなよ」

　遠慮じゃなくて、私はこの子より年上なのに、子供からパンをもらうなんて……。

　ぎゅるるとお腹が再び音を立てる。

「ははっ。固いパンだからな、ゆっくり口の中で噛めばそれなりに空腹感はなくなるぞ」

にぃっと男の子が笑った。

「わ、私お金を持ってないから、その」

男の子が首をかしげる。

「金？　まさか、それに金を払ってくれるのか？　それとも、金をくれって話か？」

「お金は、ギルドで仕事を探すといいと教えてもらったから、その、お金がもらえたらパンの代金を」

男の子が、にぃっとまた笑った。

「だったら、仕事紹介してやるよ。ギルドを通すと手数料引かれちまうから、直接頼まれたほうが得だ」

「え？　そうなの？」

何も知らないことばかりだ。

「あ、念のために言っとくと、おいらが直接仕事を受けてんのは、何度か仕事をしたとこだからな。信用できるってわかってるから直接仕事を受けてるだけで。普通は手数料を払ってもギルドで仕事を探したほうが安心安全だから、あんまりマネするなよ」

へぇ～そうなんだ。

「物知りだね。すごい」

褒めると、男の子ががりがりと頭をかく。

「おいらは、ラズ。パンを食ったら行こう」

「私、ミオ」

パンを慌てて食べる。固いパンは食べなれているからどうってことない。

……パンのお金は、紹介してもらった仕事でもらってから渡そう。

いや、ラズ君はお金を受けとってくれないかもしれないなぁ。……だったら、私にできるお礼って何があるのかな。

得意なのは掃除……といっても、家の掃除を手伝いますとかできないよね。家なしだもんなぁ。

あとは回復魔法で怪我を治してあげるとか……って。怪我もしてなさそうだし。

首をかしげるとラズ君も首をかしげた。

「どうした？」

「ラズ君は、どこか調子が悪いところはない？　その、回復魔法をかけてもらいたいような……」

私の言葉に、ラズ君が心配そうな顔をする。

「なんだ、ミオはどこか悪いのか？　王宮神殿は申請しても順番が回ってくるのは半年かかるって噂だし……！　ああ、でも最近はキャンセル待ちのために集まった人まで祈りが届くって聞いたこともあるから、王宮神殿に行ってみるか？」

ひぃー！　追放されたんだよ……私！

捨ててこいって言われてゴミ箱に捨てられたっていうのに。

私を捨てた人も怒られちゃうよね。「ちゃんと捨てたのか！」って……！

絶対無理無理、ダメダメ。

ぶんぶんと首を横に振る。

ラズ君が、ほっとした顔をする。

「そっか。良かった」

私が体調不良じゃないと知って良かったと言ってくれるなんて、ラズ君はいい子だよね。初対面なのに心配してくれるんだ。

「だけど、どうしておいらの調子が悪いところなんてきいたんだ？」

「それは」

パンのお礼に回復魔法を……と、言いかけてハッとする。

回復魔法は、光属性の魔法。

光属性の魔法が使える人間は貴重。

だから、七歳のとき王宮神殿に入れられた。

そして、七年間自由のない生活を強《し》いられた。……働くのは嫌いじゃないからいいけれど。

街に出ることもできなかった。

それに……結局、見習い聖女のままで、聖女になれなかった。

頑張ったのに。

もし、回復魔法が使えるって知られたら……今度はどうなっちゃうんだろう。

皇太子殿下に王宮神殿は追い出されたから、戻されることはないだろうけれど。

どこかの領都の領主神殿とかに行くことになるのかもしれない。

……もう、自由を奪われるのは嫌だな。

光属性の魔法が使えるのは隠しておいたほうがいいよね。

……回復魔法も浄化魔法も見つからないように気を付けて使おう。

「わ、私、肩をもむのが得意で、えへへ……へ……へ」

「ふぅーん」

ラズ君が肩をぐりんと回した。

「おいら、肩は問題ないよ。食べ終わったなら行こう、こっちだ」

ラズ君が、またにぃっと笑った。

路地を通り、三回角を曲がった裏通りに、ずいぶん汚い建物が立っていた。

大きさや広さだけを見ればお屋敷と言っていいレベルなんだけれど。

壁の向こうの敷地にはゴミが積み上がり、お屋敷の姿を半分隠している。

「ゴミ屋敷って呼ばれてるここで仕事があるよ」

ゴミ屋敷……。うぷぷっ。

臭ぃ。

どうしよう、浄化したい！　でも、隠そうって誓ったんだもん。

ああ、でも、少しなら。三割くらいの浄化ならばれない？

ほ、ほら、回復するときも、怪我を全部治すばかりではなく、力をセーブして半分だけ治したりすることもあった。主に先輩聖女が「何回か通ってもらうためよ！」と言っていた。「何度もお金を払ってもらえるでしょ！」と。

私の場合は「苦しいから治してほしいけど、完全に治されると働きに出なくちゃいけないから痛みが和らぐ程度に治してくれ」とか、「殴った奴に慰謝料請求するから腫れは引かせてあざは残してくれ」とか、いろいろ注文された。……まぁ、それも見習いになって一人ずつしか治せないときの話で。終わりのほうではまとめてみんな全快にしてた。じゃないと日が暮れちゃうから。

ふんぎゅぅ。それにしても、普段【浄化】しまくってた弊害か。くしゃいよぉっ！

私、鼻に耐性がなさすぎるのでは……。

なんでラズ君は平気なの？

と思っていたらラズ君が振り向いた。

「くせぇだろ？　だけどこの臭いさえ我慢すりゃ、ちゃんとお金ももらえるから」

我慢……！　ラズ君も我慢してるのか。なら、ちょっとだけ。【浄化】三割くらい。

「ん？　なんか臭いがちょっとマシになった気が……？　風向きのせいかな？」

ラズ君はそう言って、ゴミの山の間をすいすいと抜けて、屋敷の前まで進む。

なんのゴミなんだろうか。

生ゴミというわけでもない。いろんな形や素材のものがありそうだ。布でできたものもあれば、金属でできたものもある。

ノックもせずに屋敷のドアを開いてラズ君が中へ入っていく。

うぐぐ、中も負けず劣らずすごい臭い。

一瞬意識を失いかけた……。くっさい。【浄化】四割。

屋敷の中も色々な物が所狭しと置かれている。ただ、床に積み上げられているけど、背の高さを超えるほどは積まれていないので外よりは、まし？

「ホルン爺《じい》」

ラズ君が声をかけると、ごそりと積まれた品物の一つが動いた。

いや違う、品物に隠れていた人が立ち上がったんだ。

薄汚れた茶色のシャツとズボン姿のお爺さんだ。白い伸びっぱなしの髭に、半分地肌の見える頭。

「ラズ、遅かったな。今度はこっちの山を捨ててきてくれ……と、その子は誰じゃ？」

「ああ。ミオ。俺と同じ、家なし親なし金なし。一緒に仕事していいだろ？」

ホルン爺と呼ばれたお爺さんは、うんと頷く。

「もちろんじゃ。説明は頼んだぞ」

ラズ君が頷くと、しゃがみこんで、ホルン爺さんが捨ててきてくれと言った塊の前にしゃがみこんだ。

手招きに従い、同じようにしゃがむ。

「ホルン爺さんはさ、アーチファァートの研究者なんだ」

「ラズ、アーティファクトだ」

ホルン爺さんが、ラズ君の言い間違いを訂正する。

「そう、そのアーチファクト」

「アーティ、ティ、アーティファクトだ」

ホルン爺さんが、はぁーとため息を吐き出して、手を止めてこちらを見た。

「嬢ちゃん、あー、ミオと言ったな。アーティファクトを知っているかい？」

「アーティファクト？」

わからないと首をかしげると、ホルン爺さんが、ふほほっと楽しそうに笑った。

「おい、ラズ聞いたか。この嬢ちゃんは一回で言えたぞ？」

ラズ君が、ぷすっと少し膨れ、ホルン爺さんはゴツゴツ節《ふし》くれだった大きな手で私の頭を撫でた。

うーん、これは子供扱いされてる。

……でも、頭を撫でられるのは悪い気持ちはしません……。最後に撫でてもらったのは家を出る日だったから、もう七年くらい前です。

「ああっ！　ホルン爺さんっ！　せっかくのミオの綺麗な髪が、汚れちゃうだろっ！　汚い手で触ったら！」

「おお、すまん、すまん」

すまんと言いながら、ホルン爺さんはまた頭を撫でる。

「大丈夫です」

頭を撫でられるのはいい気持ちですし、あとで【浄化】すればいいので。王宮神殿にいたときは風呂にも入ってないのにどうしてそんなに綺麗なんだと言われるから服は浄化してたけど髪は浄化してなかったけど……。

「大丈夫じゃないだろ、あー臭いもついちゃったぞ」

ラズ君が私の頭に顔を近づけて臭いを嗅いだ。

んん？　ハーグさんも私の頭の臭い嗅いでましたよね。どうしてたびたび頭の臭いを嗅がれるのか！

「それが、大丈夫なんじゃ。ほら、これじゃ。このアーティファクトがあればな！」

ホルン爺さんが顔よりも少し大きな円盤状のものを取り出した。

「え？　これが？　だって、アーチファクトって古代の魔法道具だろ？　こんなん、ただの円盤じゃん」

銅色をしていたのだろうか。ずいぶん古くて、今はすっかりさびて緑青だ。厚みが五センチほどの円盤型の金属。

「アーティファクトって、古代の魔法道具なんですか？　それって、伝説のエリクサーとか転移魔法装置とかですよね？」

回復魔法ともポーションとも違う。エリクサーは、失った手や足まで再生させちゃうというすごいものらしい。

転移魔法装置も、人を瞬時に別の場所に送れるというすごい道具だって。おとぎ話に出てくる魔法の道具だ。

「本当にあるんですか？」

目を輝かせてホルン爺さんの次の言葉を待つ。

「うむ。皆が知るようなアーティファクトは、確かにエリクサーや転移魔法装置くらいだがな、実際は相当な種類のものがある。失われた古代の魔法の道具にはの。例えば、こいつじゃ。火を点ける道具じゃな」

火を点ける？

「火を点けるなら、火種《ひだね》を使うか、火魔法属性の人にお願いするかですよね？」

全く想像できなくて首をかしげると、手のひらにすっぽりと収まる、円柱状の道具を私の手に載せる。

「この後ろに付いてるわっかを、勢いよく引っ張ってみるんじゃ」

言われるままに、円柱の後ろに付いていたわっかに指を入れて勢いよく引く。

「うわぁっ！」

円柱の反対側の先に火が点いた。

「火、火、火が！　火が！」

火属性魔法じゃない私に、火が点けられた！

「わっかを離すと消えるぞい」

確かに火が消えた。わっかは元の位置に戻っている。

「ええ、あの、これ、これすごいです、本当に、古代の魔法道具って、あったんですね、すごい！」

「そうじゃろ。ちなみに、その火を点ける道具は『火イター』という名前じゃ」

ん？

「引っ張るから、引いたーですか？」

「いや、火イタージャ。綴りがちょっと〝引く〟とは違うんじゃよ」

え？

「綴り？　……よくわからないです」

私は文字の読み書きができない。だから「治す」と「直す」は綴りが違うという意味もわからなかった。「なおす」は「なおす」だよね？

「そうじゃなぁ、ワシもよくはわからんのじゃが、鑑定眼鏡《めがね》でそう表示されるんじゃよ」

ホルン爺さんが胸ポケットから眼鏡を取り出してかけた。

レンズは片側しかない。その片側に残ったレンズもヒビが入っているし、激しく傷がついて全体的に曇っている。耳にかける部分も折れて途中からなくなっているのを木を当てて布で巻いてある。

いっそ使わないほうがよく物が見えそうだ。

「鑑定魔法というものを昔は使える者がおったようなのじゃ。この眼鏡は、鑑定魔法が使えなくとも魔力を通すと鑑定魔法が使えるという代物《しろもの》じゃ」

ホルン爺さんがドヤって顔をしてるけれど、全然意味がわからない。

「ホルン爺さん、それじゃわからないって。ミオ、鑑定魔法っていうのは、えーっと、ほら、ギルドやお店で物を買い取ってもらうときに本物か偽物か見分けたり、どれくらいの価値があるものか判断したりするだろ？」

……ごめん。ラズ君の補足説明も難しい。物を買い取ってもらったことがないから……。

「宝石とかさ、大きさや輝き方や濁り方とかで値段が全然違うらしいんだけど」

あ、それならわかる。聖女たちが「見て、この大きな宝石」「ぷっ、大きいだけで中に傷があるじゃない。安物よ！」とか色々会話していたのを聞いていたから。

「そういうの素人《しろうと》じゃわかんねぇだろ？　鑑定魔法ってのは、知識がなくても魔法を使うと、本物か偽物か、どんな品で価値がどうあるかとかわかる便利な魔法らしい。昔はそういうのが使える人がギルドで働いてたって。本当かどうか知らないけど」

すごい。

魔法って、火、水、土、風、光、闇の属性以外にもあったのかな？　鑑定属性？　それとも、価値がわかるなんて賢そうだから智属性とかあったのかな？

「ラズの言うとおりじゃ。その鑑定魔法を、この眼鏡をかけて魔力を通せば使える。かけてみるか？」

「え？　いいんですか？」

ボロボロの眼鏡を受け取ると両手で顔に当て、ずり落ちないように支える。

左側だけレンズが入った眼鏡に、魔力を通してみる。すると、円盤に文字が浮かんだ。

『？？？』

その下にも何か文字が浮かんでいるようだけれど、古い本のようにインクが擦り切れ、虫食いになっていて十分の一が読めるかどうかだ。

「どうじゃ」

ホルン爺さんに尋ねられ、円盤から視線を外すと文字が消えた。火イターに視線を移す。

『？？？？』

また何か文字が表示された。

「どうじゃ？」

眼鏡をはずしてホルン爺さんに返す。

「私、文字が読めないんでした」

ホルン爺さんがずっこけた。

「そうじゃったか、まぁいい。じゃが、何か文字が浮かんで見えたじゃろ？」

「はい！　別の物を見ると別の文字に代わって、すごく不思議でした！」

うんうんとホルン爺さんが大きく頷いた。

「でじゃ。この眼鏡もアーティファクトなんじゃが、なにぶん古い代物じゃからの。ボロボロじゃから、見えるのは道具の名前と、説明だと思われる文の断片だけなんじゃ」

はっきり見えた文字が名前で擦れて虫食いになっていたところが説明だったのね。

「すごいです！　名前がわかるだけでも不思議です！」

宝石を見ればルビーだとかサファイアだとかわかるんだろうか。ダイヤモンドだと思ってたのが水晶と表示されたり？

「そうじゃろう。ワシはこの眼鏡を見つけてから人生が変わったんじゃ。世の中には本当にアーティファクト……古代の失われた魔法道具が存在すると。物語の中だけの品じゃないと知って、研究を始めた。遺跡を回って道具を集め」

ホルン爺さんの言葉にラズがぼそりと合いの手を入れる。

「ほぼガラクタ」

気にした様子もなくホルン爺さんは言葉を続ける。

「ダンジョンに潜っては道具を集め」

「ほぼゴミ」

「古道具屋に足を運んでは道具を買いあさり」

「ほぼクズ」

「ギルドに依頼を出してはそれらしいものを買い取った」

「ほぼ詐欺」

「えーい、うるさいぞラズ。ほぼゴミだろうがガラクタだろうが、千に一つ……いや、万に一つでもアーティファクトが見つかればええんじゃ！」

キラキラと目を輝かせてホルン爺さんを見る。

「そうですよね、古代の魔法の道具を一生に一つでも見つけられたらすごいですよね」

ホルン爺さんがまた私の頭を撫でた。

「爺さんっ、ミオの頭が汚れるって！」

「お、おう、そうじゃった。綺麗にしてやる。これじゃこれ。ワシが見つけたアーティファクトの七つ目だ」

「な、七つ？　すごい」

本当にすごい。

「実はほかにもいくつかアーティファクトじゃないかと思っているものはあるんじゃがな。七つ以外のものは分解して中まで掃除して、なんとか読める部分から推測して魔力を流したり魔石を入れたりしてみたが、動かなかったからよくわからんのじゃ」

ホルン爺さんの言葉を遮るようにラズ君が口を開いた。

「で、『ルン盤』でどうやってミオの髪を綺麗にするんだよ？」

「それはな、ここにな」

ホルン爺さんがルン盤の上部にある蓋を開いた。そこに、スライムを入れる。

「は？　スライムぅ？」

ラズの驚きにホルン爺さんが楽しそうに笑った。

「そうじゃろ、驚くじゃろ？　分解して掃除をしようとしたらな、この中にスライムの魔石が入っておったんじゃ。もしかしたら魔石で動くのかと試してみたけれど全然動かなかったんじゃがスライムを入れてみたら、このとおり」

ホルン爺さんが『ルン盤』を床に置くと、床の上をゆっくりと動き出した。

そして、ルン盤が動いた場所の汚れが落ちている。

「え？　浄化……？」

「いや、掃除じゃな。どうやら悪食《あくじき》スライムがなんでも食べるという性質を利用して、汚れを食べさせる魔法道具らしいんじゃ」

すごい！

「と、いうわけで、ほれ、ミオの髪の汚れも」

ホルン爺さんが私の頭の上にルン盤をのせると、ちょこっとくすぐったい感じがした。

「ほれこのとおり」

ホルン爺さんがルン盤を頭からどかすと、すぐにラズ君が私の頭の匂いを嗅いだ。やっぱり嗅ぐんだ。

「おお、本当に綺麗になってる！　すげぇ」

と、言ってからラズ君はホルン爺さんを見た。

「こんなすげーもんあるなら、掃除してくれよっ」

もっともです。

「いや、ほれ、見てみろ」

ホルン爺さんが床に再びルン盤を置く。すると、ルン盤はゆっくりと動き出して、こつんと置いてあるものに当たると方向を変えた。それからまた少し進んで、こつん。

「物が床にあると掃除できんのじゃ！　わはははははっ！」

もっともです……。

「じゃから、ラズとミオ、仕事頼んだぞ」

わははははと笑いながら、ホルン爺さんは奥へと消えていった。

そうでした。アーティファクトを見せてもらいに来たんじゃありませんでした。

仕事、仕事をしに来たんです。

「ラズ君、仕事って何をすればいいの？」

掃除かな？

掃除なら得意！　なんせ王宮神殿で毎日やってたから。もちろん浄化魔法や回復魔法と併用しつつね。ただ魔法だけだと落ちない汚れもあったし、ほこりもゴミも消えてなくなりはしないので。集めて捨てなければいけなかった。

「ゴミ捨てだよ」

「え？　ゴミ捨て？」

家の中にあふれるゴミや外に高く積まれたゴミの山を？

私やラズ君よりももっと力持ちの人のほうが役立ちそうだけど……？

きょろきょろと部屋の中を不安そうに見回した私にラズ君が部屋の一部を指さした。

「捨てるのはここにあるやつだけだ。ホルン爺さんがアーティファクトじゃないと判断した物。ほかのところにある奴は、まだ判断してないから触ったら怒られる。前に勝手に持ち出そうとしたやつがいたけれど、憲兵に突き出されてそのまま鉱山で強制労働」

うわー。

ラズ君が声を潜める。

「こんな汚い屋敷だけど、おっきくて立派だろ？　それにいくらガラクタだって、資金がなきゃ集められない。ホルン爺さん、実は貴族じゃないかと思ってるんだ」

「え？　貴族？」

聖女のほとんどは貴族だし、王宮神殿には貴族がたくさん来ていた。王族も。見たことがあるどころか会ったこともある。っていうか、皇太子殿下に追い出されたんだよね……。

会ったことがある貴族の人たちと、全然ホルン爺さんは違うような気はするけれど……。

威張ってないし。

使用人いないし。

服に穴あいてたし。

汚いし。

それに……頭を優しく撫でてくれたし。

「わかんねーけど。庶民相手に物を盗むのとは違って、貴族の物を盗んだら殺されても文句は言えねーってことだから、ミオもうっかり間違えないように気をつけろよ。仕事はここからここにある物だけな」

「う、うん……」

そうか。勝手にここ以外の物触っちゃダメなんだね。

少しだけでも掃除しようかなと思ったけど、止めておこう。

通り道だけでも……と、思ったんだけどな。

ラズ君の裸足の足を見る。

ガラスや金属の破片も落ちてて危なそうだから、それだけでも掃除したかったけれど……。

「ゴミ箱に運べばいいのね！」

たくさんを一度に運ぶのは無理だから、なるべくたくさん往復して捨てなくちゃ。

両手に抱えられるだけ抱えて立ち上がると、ラズ君から待ったがかかった。

「待ったミオ！　まずは仕分け。いや、その前に」

持ち上げたゴミを置いてから座る。

「まず、ホルン爺さんからはここにある物は好きにしていいと言われている」

「えーっと」

ゴミを好きにしていいって……まさか、私がゴミを回復して売ろうと思ったことがあるのを知られてる？

「だから、ミオも欲しい物があったら持って行っていい。俺も時々もらってる」

それはありがたい。回復して売れそうなものがあったらもらおう。

「で、まずおいらたちがすることは、選別と分別な」

「欲しい物を抜き出すってこと？」

ラズ君が首を横に振る。

「まぁ、見てて。これは金属、これも金属、これは金属だけど腐食が進みすぎてダメ、これは何か石が付いてる宝石かもしれない。これは布、これは食器だろうな」

ラズ君が手早くゴミを仕分けている。

「金属は、鍛冶屋《かじや》に売れる。金属の種類はおいらにはわからないから買いたたかれることもあるけど金色と全く腐食やさびがないものと魔力をよく通すもの以外はそう価値はないから細かいことは気にしない」

ラズ君が言うには、金色は金貨にも使われてる高価な金。腐食がないのは、腐食しない貴重な金属であるミスリルやオリハルコンなどの可能性がある。魔力をよく通すものは銀か、やはり貴重な金属の可能性があるそうだ。

「すごいね。ラズ君、物知り」

褒めるとラズ君が照れたような顔をした。

「まぁ、五年以上やってるからな。なんだかんだいろいろ教えてくれる親切な人もいるし」

そっか。うん。

ハーグさんも女将さんも親切だったもんな。ラズ君も親切な人に助けられながら生きてきたんだ。

「貴重そうな金属はギルドに持ち込んで買い取りしてもらう。腐食やさびがひどいものはゴミ。宝石っぽいものが付いてるのは宝石商に売りに行く。布は古着屋。それ以外は古道具屋に売りに行く。どこにも売れそうにないものだけゴミだ。あ、それから売らずに自分で使えそうなものはもらえばいい。売ったお金は山分けでいいか？」

「え？　いいの？　だって、私はいろいろ教えてもらったり……お世話になってばかりなのに……」

「いいよ。一人で作業してるより楽しいし」

にぃっと笑うラズ君。

私って、無能だって言われてたけど、本当に無能だ。

知らないことばかりだし、ろくにお礼もできない。ちょっと情けない気持ちになりながら、ゴミ
……いや、ガラクタを仕分けしていく。

「あ、ラズ君！　靴だ！」

親指のところに大きな穴があいていて、紐がちぎれてどこかいっちゃってるけれど……。

「ああ、本当だ。でも、底がパカパカになってるから流石に売れないだろうな」

え？　底？

確かに、大きな穴だけでなく、靴底がパカパカして歩くたびに引っかかって転びそうだ。

でも、大きな穴やちぎれてどこかへいってしまった紐を再生することはできないけれど、靴底は
残っている。残っているものならば、回復できるはずだし、代わりになる革ひもや穴を埋めるための
材料くらいこのガラクタの中にあるはずだ。

「私、修理するの得意なの！　ちょっと待ってて！」

ガラクタをあさり、壊れた革の鎧を見つける。胸当てに剣が刺さったあとがある。

「うわ、それは売れないよ。防具として役に立たなかった証だもんな」

ラズ君が顔をしかめる。

……確かに、心臓を守る胸当てにこんな大きな剣の刺しあとがあったら、持ち主はどうなったの
かって想像すると、縁起も悪いし、怨念もこもってそうだけど……。胸当てに使ってある革ひもと傷
のない部分の革は靴に使えそうだし……。

ん？

縁起が悪い？　怨念？

なんなら呪いがかかってたとしても……。

ぼそりとつぶやく。気持ち、胸当ての色味が明るくなった。

「【浄化】」

忘れるところでした。浄化魔法しちゃえば関係なかった。

というわけで、革ひもをはずし、靴の穴の大きさに合うように革を切……あ。ハサミもナイフもないや。

いや、ナイフならその辺に。

さびてボロボロになっているけど、なんとかナイフだとわかる形を保っているものを手に取る。

「【回復】」

つるんぴかんと、ナイフに金属の輝きが戻る。

よしよし。

靴に【回復】を八割くらいの力でかければ靴底がふさがる。あまりピカピカに細かな傷まで消えてはダメなので、革靴の表面の傷はそのままに。強度はもとどおりに。

大きな穴に、胸当ての革を切ってあてて、穴をあけてそこに革ひもを通してとめる。

それから革紐で足首を縛れるように靴に通せば、つぎはぎ付きの革靴の完成！

「できた、できたよ、ラズ君っ！」

靴をじゃーんとラズ君の前に出して見せる。

「おお、すごい！　ミオ、マジすごいよ！　ゴミにしかならないと思ってたあのおんぼろ靴、これなら靴として売れるよ！」

売る？

きょとんと首をかしげる。

「これは、ラズ君に履いてほしい」

「え？　おいらに？」

ラズ君がびっくりした顔をしている。

だって、裸足だからと、視線をラズ君の足元に向ける。

「あー」

ラズ君が言葉を濁す。

「それとも、売ってお金にしたほうがいい？　売上は半分こだから、売ったほうがいいなら……」

ラズ君が大きく首を横に振った。

「ううん、ありがとうミオ！　おいら、本当はずっと靴が欲しかったんだ。めちゃくちゃ嬉しい！」

そう言って、ラズ君はさっそく靴を履いた。

まだ体の小さなラズ君にはかなり大きい。

「うーん、やっぱりちょっと大きすぎたかな」

「いや、これなら成長してもずっと履ける！　先に布つめときゃ全然問題ないよ。ありがとうミオ！」

その辺の布のゴミをラズ君が靴の中に詰めてから、しっかりと足首のひもを締めた。

「私こそ、ありがとう。パンももらったし、仕事も紹介してくれたし、いろいろ教えてくれたし……」

少しでも恩返しになったのなら嬉しい。

それから二人で仕分けの続きをする。

さっき使った回復したナイフは胸当ての残りの革でくるんでポケットに入れておく。

◇◇◇◇

▼ラズは『俊靴』を装備した。
防御力が20アップ。

命の危険を感じたときに瞬発力が７００倍になる。
▼ミオは『ギザギザハートのナイフ』を装備した。
一撃必殺できるが、一度使うとボロボロになり使いものにならなくなる。

◇王宮神殿　伯爵令嬢の聖女視点◇

王宮神殿では、朝の身支度の時間が始まっていた。

「ちょっと、早く私の髪の毛をときなさいよ！」

神殿侍女に声をかける。

神殿侍女は、聖女たちの世話係だ。

「申し訳ありません。私はエリーチカ様に呼ばれていますので」

ちっと、思わず舌打ちする。

エリーチカ様は公爵令嬢。公爵令嬢に呼ばれているなら、伯爵令嬢である私が用事を言いつけるわけにはいかない。

「ミオはどこ！　あの役立たず見習いはどこへ行ったの！」

いつもなら、バタバタと皆の支度を手伝っているミオの姿がない。

「あら、あの役立たずは、昨日エリーチカ様が追い出したとおっしゃっていましたわよ」

追い出した？

「皇太子殿下がいらしていたので、七年も経つのに見習いのままな無能はいらないと皇太子殿下自ら捨ててこいと指示したとか」

同じ伯爵家の令嬢が侍女に髪をとかれながら鏡越しに私を見た。

髪をといている侍女は、この伯爵令嬢の親戚筋ということで、本来ならどの侍女がどの聖女を担当するということは決まっていないが、ほぼいつもこの伯爵令嬢の世話をしている。

仕方がない。

畜生《ちくしょう》。あんたはミオがいなくなっても不便がなくていいわねと、嫌味の一つでも言ってやりたいが

「ちょっと、あんた、子爵令嬢より先に伯爵令嬢の私の髪を先に整えなさいよっ！」

子爵令嬢の髪をといていた侍女の肩を掴む。

「えっと……」

そばかす顔の侍女が私と子爵令嬢の顔を往復する。

子爵令嬢が、ふんっと鼻をならした。

「聖女としては私が先輩ですわよね？　ここでは貴族の序列は関係ありませんでしょう？」

「は？　何を言ってるの？　関係ないわけないでしょう？」

子爵令嬢は、男の前ではでっかい猫をかぶるタイプだ。大きな目を潤ませて上目遣いで見ればたいていの男が鼻の下を伸ばす。だが、女ばかりの場所ではその大きな目は半目になり、顎を突き上げて馬鹿にしたような顔つきで話をする。かわいさのかけらもない。

自分のほうがかわいいと相手を馬鹿にするような目つきにはいつも腹が立つ。

「関係ないってどの口が言うの？　あんたも平民のくせにと、さんざん見習いを馬鹿にしてこきつかっていたでしょう？　子爵令嬢や男爵令嬢は自分より立場が低い者が少ない分、よりきつく平民がと当たっていたじゃない」

ふんっと子爵令嬢が鼻を鳴らす。

「やだわ、せっかく、貴族の序列は関係ないと言って差し上げたのに……」

「はぁ？」

「私、侯爵令息様に連続でご指名いただいているの。この意味がおわかり？」

ぐっと言葉に詰まる。同じ聖女を連続で指名するというのは、独身男性にとっては求愛の意味合いを持つ。

子爵令嬢だけれど、侯爵令息に見初《みそ》められて、結婚すれば伯爵令嬢の私よりも貴族としての序列は上になる……。

「くっ。わかったわよ、先輩は立てないといけませんわよね。私よりも三つも先輩なのですものっ！」

暗におばさんとディスりながら立ち去る。

子爵令嬢もディスられたことにすぐに気が付いたようで手に持っていた扇を床にたたきつけている。

あー、いらいらする。

こんなとき、あのドブネズミのような庶民の見習いがいれば、思いっきりストレスが発散できるのにっ！

聖女同士は、いつ今の立場の上下がひっくり返るかわからないから、おちおちストレス発散もできやしないっ！

「ちょっと、あなたでいいわ。髪をといてちょうだい」

男爵令嬢の支度の手伝いを終えた侍女を捕まえて命じる。

「はい……」

小さな返事がある。

びくびくした手で髪にブラシを当てられると、すぐに頭に髪を引っ張られた痛みを感じて手が出る。

「痛いわね！　ミオはもっと上手に髪をといてたわよ！」

思わず無能の名を口にする。

……無能だったけれど、髪をとくときに一度も痛みを感じたことがなかったと思い出す。

ちっ。

侍女は赤くなった頬を震わせながら、私の髪をさらにびくつきながらとき始めた。

「痛っ」

と声を上げると、ついに侍女はブラシを取り落として頭を下げた。

「申し訳ございません。私のような未熟者が支度をお手伝いするわけにはまいりません……。べ、別の者にお願いしてくださいませ」

と、それだけ言って部屋から逃げ出してしまった。

「畜生っ」

仕方がなく自分で髪にブラシを当てる。

長く伸ばした細い髪は、一晩寝るとあちこち絡まってしまう。

ブラシが引っかかり、下までとくことができない。絡んだ部分に無理やりブラシを通そうとすると。

「痛っ、痛い、痛いっ！　ああ、もう！　何この髪の毛！　っていうか、痛くないようにとくなんてどうすんのよっ！」

時間がない。丁寧に絡まったところを解きほぐしていたのでは到底間に合わない。

無理にブラシを通そうとしたため、たくさん髪の毛が切れてしまった。

「なんで、私がこんな目に……」

中途半端な状態で、仕方なく仕事場へと向かう。

まずは、割り振りだ。

本日の個室希望者のリストから、それぞれが誰を担当するのかのいつものも話し合い。

「まずは、誰があちらを担当するのかを先に決めましょうか。私は無理よ？　皇太子殿下が本日もいらっしゃるから」

あちら？

「私も、指名が入っていますの」

子爵令嬢がリストの侯爵令息の名前を指さした。

現在、王宮神殿にいる聖女は私を含めて十人。

そのうちの五人が指名があるという。残りの五人で顔を見合わせれば、男爵令嬢が一人いるではないか。

「あなたにお願いしてもいいかしら？」

「そうね、お願いするわ」

「ええ、私もそれがいいと思うわ」

「じゃあ、お願いね」

四人で結託して、男爵令嬢に個室ではない「礼拝堂」の仕事を押し付けた。

男爵令嬢は明らかに不満そうな顔をする。

知らないわよ。見習いがいなくなったんだから、一番下《した》っ端《ぱ》がやるのは当たり前じゃないの。

◇ハーグ視点◇

「おかえりなさい、ハーグさん。ずいぶん早かったですね？」

「ああ。まぁ、C級でもこなせるような依頼だったからな」

討伐証明のレッドホーンベアの左耳を十、カウンターに並べる。

「え？　依頼は四体でしたよね？」

「ん、ああ。調子が良かったから、ついでにな」

ギルドの受付嬢が笑った。

「王都を襲う危険もあるし定期的に数を減らさないといけないので、助かります」

依頼達成処理をした後、四体討伐の依頼代金に加えて、六体分の追加報酬を加算した金額を渡される。

金貨一枚。

正直、S級パーティーで活動していたときよりも今日は稼げた。

あの頃は金貨十枚の依頼をこなしても三日や四日かけてだと一日あたりは金貨二〜三枚だし、それをパーティー資金のプールとして半分引かれ、残りを四人で分けるのだ。

「やっぱり足……治ったのでは？」

期待するような顔で受付嬢がぼそりとつぶやく。

「ん、ああ。治ったわけじゃないけど、治してまたS級になってやるって気持ちがなくなっただけで、本当に調子がいい。信じられないくらい、体が動くんだ。気持ちって大事だなぁ。今ならドラゴンでも倒せそうだよ」

と、冗談めかして口にする。

いや、怪我する前ならドラゴンも倒していたけれど。四人で力を合わせてのこと。

流石に単独でドラゴンを倒すなんて最盛期でも無理だったはずだ。つまり、足が治ったとしても到底無理。単独でドラゴンを討伐できるのなんて勇者くらいなもんだろう。

S級冒険者のその先の高み。勇者。現在の勇者は二十年前に勇者の称号を得た者が一人いるだけ。その勇者もそろそろ引退すると言われている。

S級冒険者の皆は、勇者が引退した後の席を狙って目をぎらつかせているが……。俺もS級のままなら勇者になるのを夢見てたかもしれないな。正直、今のS級の連中で勇者……つまり単独でドラゴンを討伐できるだけの突き抜けた能力の持ち主がいるとは思えない。

伝説のアーティファクト……エクスカリバーのような道具で能力が底上げされない限り。

「ふふふ、ハーグさんなら、ドラゴンも倒せますよ」

「はっ、こいつにドラゴンが倒せるわけねーだろ！」

横から依頼書を持った手が出て、受付嬢の前に差し出した。

「これは……レッドドラゴンの討伐依頼書」

俺の人生を狂わせたレッドドラゴンという言葉にごくりと小さく唾を飲み込む。

「ブルドさんはこの依頼を受けることはできませんよ？」

俺を右腕で押しのけ、ブルドが受付嬢の正面でカウンターに肘をつく。

「S級パーティーじゃなくても、A級パーティーで十名以上なら受けられるはずだろう？」

顔に×印のあるブルドの後ろに、二名の冒険者が立った。ブルドの他の二つのA級パーティーリーダーだ。四名のパーティーが三組で合計十二名になる。

「三つのパーティーの合同であれば、確かに受けることはできますが……」

受付嬢が言葉を濁す。

はっきり言ってやればいいのに。

ふぅと小さくため息をつき、受付嬢の代わりに忠告する。

「やめておけブルド、まだお前たちには早い。A級に上がったばかりだろ？　しばらくA級レベルの依頼をこなしてから挑むべきだ」

A級に上がったばかりということは、B級に近いA級ということだ。これまではB級の依頼しかこなしていなかった。それなのに、いきなり条件を満たしているとはいえS級モンスターにチャレンジするなど……。

「うるせーんだよ、Ｂ級！　俺様はお前のような負け犬とは違うっ！」

ブルドが俺の襟首を掴んでぎりぎりと締め上げる。

それからどんっと、カウンターにぶつけるように押し出された。

「Ｓ級依頼を三回達成すればＳ級に上がれるからな。俺様がＳ級になるのが悔しいか？　だから邪魔しようとするんだろう？」

ブルドのパーティーメンバーが笑っている。

Ａ級のほかのパーティーもまだＡ級に上がって一年と経っていないんじゃないか。せめて一つでも三年はＡ級としてやっているパーティーがいるならまだしも……。

レッドドラゴンがいる場所へ行く道に出るモンスターがＡ級レベルだ。本来は、そのＡ級モンスターを何度も倒して腕を磨いてから挑む。

経験が浅いとレッドドラゴンがいる場所へ行くまでにＡ級モンスター相手に消耗しすぎて危険だ。

「いや、悔しいとかそういうことでなく、お前たちにはまだ早いと、別にお前たちに能力がないと言っているわけではない。経験が必要だと」

「うっせーんだよっ！」

ブルドが腕を振り上げた。

「いけませんっ！」

受付嬢が大きな声を上げる。

「冒険者同士の喧嘩はご法度です。手を上げるのであればペナルティが課せられますが、よろしいですか？」

　ブルドは受付嬢の言葉に振り上げた手を悔しそうにカウンターにたたきつけた。

「さっさと依頼受付処理しろよ」

　受付嬢も元Ａ級冒険者。ちょっと荒っぽいくらいでひるむようなことはない。冷たい言葉をブルドに返した。

「受付いたしました。行ってらっしゃい」

　冷たい声で形式的な言葉を返して受付処理をした依頼書をブルドに手渡す。

「おい、いこーぜ！　俺ら十人どころか十二人もいりゃ余裕だって！」

「なぁ、荷物持ちに連れてってやろうか？」

　一人が振り向いて俺に声をかけてくる。

「やめておけ、そいつ、Ｂ級だぜ？　足手まといになるっつーの！」

「そうだったわねぇ。Ａ級の私たちに偉そうなことを言うのにＢ級だったわねぇ」

　けらけらと笑い声がギルドの建物に響く。

　何も言わない者たちも、一緒に笑っていた。

「手痛い洗礼を受ければいいんだわ。クズが」

　ん？

　今、何か聞いてはいけない言葉が受付嬢のほうから聞こえたような？

「無事に戻ってくるといいな」

気のせいだと思って受付嬢に話かける。

A級パーティーは数が少ない。S級が国内に二、A級は国内に十五しかいない。数が減るのはギルドには痛手となる。

受付嬢がひゅっと息をのみ、額に汗を浮かべている。

「そ、そうですね、無事に戻ってくると、イイデスネ」

なぜ、片言だ？

まぁいい。

思ったより今日は短時間で稼げた。

金貨一枚。

これはまるっとミオにお詫びと礼をする資金にしよう。

ご馳走も食べさせてやれるぞ。って、ご馳走ってなんだろうか？

聖女に祈ってもらうために、金貨二百枚を貯めた。貯めるためにと、節約して節約して生活してたからな。

ご馳走なんて食べたことない。

……もう、節約もしなくていいんだなぁ。

ポケットから金貨を取り出して眺める。

「ははっ、こりゃいい！」

B級冒険者として働けば、ご馳走が食べられるし、良い服も着られるし、家も買えるだろう。老後の資金も貯まる。家族を持って養うこともできるのか！

すごいな。

S級だったときは、稼ぎはそこそこあったが、防具や武具やポーションと必要経費も多かったし、何歳まで冒険者できるのかわからないうえに、いつ命を落とすかもわからず将来のことなど何も考えられなかったというのに。

ちなみに、依頼は自分のランクの依頼の上下一つ違いのものしか受けられない。上の依頼を受ける場合にはさっきのブルドのように人数だとかの条件をクリアする必要がある。

……S級だったら、S級の依頼とA級の依頼しか受けられないんだ。

で、今の俺はB級。今日みたいにC級に近いB級依頼ならものの二時間もあれば達成できる。今日のように調子が良ければ、それにプラスしてモンスターを討伐して追加報酬ももらえる。

たった二時間だもんなぁ。

残った時間は体を鍛えるか？

「あー、もう、二度と昇級するもんか。こりごりだ！」

口に出して、思わず笑いが漏れる。

「あはは、昨日まで、S級に戻りたいと思っていたのにな。あははははっ」

負け惜しみじゃない。本音で口から出た言葉におかしくなる。

B級なら、A級の依頼も条件をクリアすれば受けられるわけだし。……まぁ、この足じゃ、A級の依頼は俺には荷が重いから受ける気はないが……。

「さー、ご馳走だ、ご馳走！　何を食うかな！」

高級食材と言えば……ドラゴンの巣のスープがうまいって聞いたことがあるが、ドラゴンの巣を実際見て採取したこともある身としては……糞まみれだったり、血まみれだったり、ドラゴンが食い散らかしたモンスターの腐った残骸まみれだったりしてるのを見てるからなぁ……。

思わず遠い目になる。

「そうだ！　ミオへのお礼だもんな。子供が好きなものってなんだ？　やっぱりお菓子か？」

いや、俺は子供のころから甘い物はあんまり好きじゃなかったから、ミオもお菓子が好きかどうかはわからないよなぁ。

となると……。本人に聞いてからにするか。

いや、ミオは遠慮深いからなぁ。

そんな高いものご馳走になれませんとか言い出しそうだ。

じゃあ、お菓子を買っておくか？

思ったより甘くて食べられないとか言って、ミオに食べさせる？

いやまてまて、それじゃあ、お礼だという気持ちを伝えるどころか、残飯処理させるみたいじゃないか。

……そうなると、残飯処理してくれたお礼にと、別に何かを用意して……。

「って、とにかくミオに会ってから考えるか！」

子供が欲しがるものなんてさっぱりわからん。しかも女の子だ。

俺が子供のころなら勇者に憧れていたから、エクスカリバーが欲しい！　とか馬鹿なことを言うのは間違いないんだよな。

そんな伝説の剣が存在するわけないのに。

まぁ、木の棒を剣代わりに振り回していたから、どんな剣をもらっても嬉しかっただろうけど。

女の子は何が欲しいんだろうか。

いや、まずミオを捜さないとな。見つけてから考えたって遅くない。

宿からそう離れていない場所だった。ゴミ箱と間違えそうな家。

さ、捜すぞぉ！

◇そのころギルドでは……◇

「おい、これ誰が持ってきたんだ？」

ギルド長がレッドホーンベア四体の討伐依頼書と、その証拠となる討伐部位が入ったトレーを持ち上げた。追加で六体分入って合計十体。

支払金額が金貨一枚以上になるものは、ギルド長がチェックすることになっている。

「ハーグさんです、書いてありますよね？」

受付嬢は依頼書に書いてある名前を示した。

読めない字じゃないのにギルド長、ぼけたのかな？　と受付嬢が失礼なことを考えていると、

「おい、俺はぼけてはないぞ？」

すかさずギルド長から突っ込みが入る。

「そ、そんなこと、考えてませんよ？」

白々《しらじら》しく受付嬢が言い訳をすると、ギルド長が優しく受付嬢の頭を撫でた。

ガシガシグリグリグワシングワシン。

「ちょ、ギルド長、やめ、痛いですって、それは頭を撫でるとは言わないですからっ」

「そうか、そうか。まぁいい。次に来たときにハーグにちゃんと謝って追加で金を払っとけよ」

ギルド長が受付嬢の頭を撫で終わると、トレーを受付嬢の前に置く。

「え？　計算間違ってましたか？」

ギルド長が、討伐部位として持ち帰ってきたレッドホーンベアの耳の一つを指さした。

「こいつは、レッドホーンベアじゃなくて、レッドホーンベアジェネラルの耳だろう？　こいつとこいつもだ」

「え？　嘘っ？」

受付嬢がギルド長の言う耳をよく見る。

「あ、本当だ。耳の根元の毛の色が黒みがかっている……」

ギルド長が再び受付嬢の頭を優しぃく撫でた。

ググググ。

「す、す、すみませんでした。でも、ハーグさんも何も言ってなかったし」

　グワシッ。

「冒険者が討伐数や種類に嘘をつかないように討伐証明部位を持ってこさせてるんだろう？　それなのにその嘘を見分けられないっていうのは、ギルド職員としてどうなんだ？」

「いや、でも、どこにA級モンスターを倒したのにC＋モンスターだと報告する人がいるんですか！　ちょっと間違えるレベルで倒せるような相手じゃないですよっ。っていうか、ハーグさんB級ですよね。A級モンスターを倒してくるなんて思わないじゃないですかぁ！」

　ギルド長が受付嬢の頭を撫でるのをやめる。

「ハーグは元S級だ。ただのB級じゃない」

「それはわかってますけど……でも、二時間ですよ？　たった二時間で単独でA級モンスター三体も倒してくるなんてあり得ます？」

　ギルド長が、んっと言葉に詰まった。

「二時間で、レッドホーンベア七体とレッドホーンベアジェネラル三体……？　単独で？」

　そしてしばらく考えこむ。

「怪我をする前ならありえなくもないだろうが……」

「あーっ！」

　受付嬢が突然大声を上げる。

「そういえばハーグさん、悩みがなくなって、体の動きがよくなったとか言ってました。調子が良かったみたいです。確かに、歩き方も変わってましたし」

ギルド長が頷く。

「そうか……一皮むけたということか？　とはいえ、戦闘中に突然膝をつくようでは、いくら強くともA級に上げるわけにはいかないからなぁ。危険にさらすわけにはいかない……。たとえ調子がいいときはS級冒険者レベルで戦えようとも……だ」

ギルド長の言葉に受付嬢がため息をつく。

「はぁー。そう、ですよね。いつ足が動かなくなって膝をつくかなんてわからないですもんね。痛みだけなら我慢すればいいでしょうけど……力が入らなくなって突然足が動かなくなる後遺症じゃ……いくら調子がいい日が続いても、B級から上がるのは無理ってことですよね……」

ギルド長は、今度は本当に優しく受付嬢の頭を撫でた。

「上がることだけがすべてじゃないさ」

受付嬢がそうですねと答えると、ギルド長が始末書を受付嬢に渡す。

「う、うう」

とぼとぼと始末書を手に戻っていく受付嬢に聞こえないほどの小さな声でギルド長がつぶやいた。

「ハーグなら……勇者にもなれると期待していたんだがな……。俺もそんな夢はすっぱり諦めないと」

がりがりと頭をかいてギルド長は書類仕事に戻った。

第三章　ゴミ捨ての仕事をします

一通り仕分けが終わり、まずはゴミを捨てに行くことになった。

ラズと私は、両手にゴミを抱えてゴミ箱と屋敷を往復する。

「ん？　あれ？　やっぱり靴ってスゲーな。めちゃくちゃ足が軽いというか、今ならどれだけでも走っていけそうだ」

ラズがぴょんぴょん跳ねたり、その場で駆け足したりしながら進んでいく。

「良かった」

喜んでもらえた。

「ありがとう、ミオ」

「ううん、私のほうこそありがとう」

「いや、おいらのほうこそありがとう」

二人でお礼を言いあい、プッと笑いが漏れる。

こんな風に誰かと笑いあうことができるなんて、なんて素敵！

「私、家を出てから今が一番幸せ！」

心からそう言うと、ラズが真顔になった。

「え？　美味しいもん食ったときとか、他に幸せなことないのか？」

んーと考える。

「あ、そうだ。頭からゲロかけられたおかげで、お風呂に入れてもらえたの。あれもとっても幸せだった！」

ラズがへーっと声を上げる。

「風呂って、そんなにすげぇのかぁ。おいら入ったことないんだよな」

入れてあげたいなぁラズも。

お金をいっぱい稼げたら、宿に泊まれる？　宿に泊まったら、ラズもお風呂に入れる？

えっと、なんて言ってたっけ。

安い宿なら銅貨何枚でとか教えてもらったよね。

お風呂に入れるような宿に泊まるにはいくらだったっけ。

「よし、じゃあ次は雑貨屋に売りに行くか」

ちょっと欠けたコップに、片方だけのサンダル。脚の長さが違う椅子に、先が半分もない箒《ほうき》。

【回復】しても、パーツが足りなくて私には直せないものばかりだ。折れた椅子の脚やヒビ割れたコップなら【回復】できるんだけどなぁ。そうしたらもっと高く売れたかもしれないのに。残念。

……というか。

いろいろな雑貨を二人で抱えて雑貨屋に向かいながら首をかしげる。

「本当に壊れた物ばかりだけど、売れるの？」

ラズに小声で尋ねる。

「店に行けばわかるよ」

ゴミ箱より少し先にある、ごちゃごちゃと物の置かれた店に到着する。

「おじちゃーん、買い取りお願い」

店内には入らず、ラズは店の奥に声をかけた。

「ん、おう、ラズ。……と、この子は誰だ？」

「一緒にホルン爺さんとこで仕事してるミオ」

三十くらいのおじさんが革のエプロン姿で出てきた。

「ミオか、よろしくな。で、ラズ、今日は何があった？」

ラズが抱えてきた物を地面に置いたので私も同じように地面に置く。

すぐにおじさんは椅子と箒を手に持った。それから箒の柄をエプロンのポケットから出した道具で切って、椅子の脚に継ぎ足す。

「ほれ、座ってみな」

ラズが椅子に座ると、脚の長さはピッタリ同じになってぐらつくこともない。


「す、すごい……」

回復魔法でも直せないと思ったのに、おじさん、あっという間に椅子を直しちゃった。

「魔法みたい」

「あはは、魔法か。褒めてもらったお礼だ。この椅子は銅貨五枚で買い取ろう。あとはまとめて銅貨二枚といったところだな。それでいいか？」

それでいいかと言われても、相場は全然わからない。

私が知っているのは、ゴミを回収するのに一件回って銅貨一枚らしいということだ。そういえば、雑魚寝の安い宿は銅貨十枚……大銅貨一枚で泊まれると言っていた気がする。

ラズの顔を見る。

「やった！　ありがとうおじさん！」

喜んでいる。どうやら相場よりちょっといい感じらしい。

「ありがとうございます」

私もおじさんにお礼を言って、二人で店を後にする。

「今日は椅子があってラッキーだったよなぁ」

「そうなんだ」

ラズが戻りながらいろいろ説明してくれた。

椅子は新品で買うと銀貨数枚はするらしい。中古品ならその十分の一。さっきの椅子のように壊れている物ならさらに十分の一。でも、修理して使える状態になったから中古品として十分の一よりは安くなるけれど売れるようになるそうだ。

んー、つまり、銀貨一枚だった物は中古で大銅貨一枚、壊れてたら銅貨一枚になっちゃうってことか。

「まぁ、だいたいそんな感じ。壊れてても使うのに不便がなければ売れる。不便だけれど使えなくない物も売れる。壊れてても修理できそうな物も売れる」

そう言って、ラズは帰り道にお店の前を通っていくつか値段を教えてくれた。

「新品の木の皿」

飾りのないシンプルなものだ。

「平らなものは木を輪切りにすれば作れるから安い。深いのは、木を彫らないと作れないから、高くなる。コップは取っ手が付いてるのはもっと高い」

うん、それはなんとなくわかる。木を彫るの大変そうだもん。

平らな木の皿銅貨五枚。深い皿大銅貨一枚から三枚。取っ手付きのコップ大銅貨五枚。

それから……。

ぷぅーんと焼き立てのパンの香りがしてきて、お腹がぎゅーっと鳴る。

「あ、腹減ってたんだよな！　ミオ、このお金でパン買うか？　パンは一個銅貨一枚から三枚だ」

ラズ君がさっきおじさんにもらった銅貨七枚のうちの一枚を私の手にのせる。

「とりあえず、三枚ずつ分けて、あとの一枚は他のやつ売ってから分けよう」

手のひらにのせられた銅貨三枚。

「これ……私のお金？」

ラズがうんと頷く。

それを見て、手のひらの銅貨三枚が私のお金だという実感がわく。

初めての、私のお金。へへ。三枚も！

嬉しいなぁ。

あまりにもにやにやして銅貨を眺めていたせいなのか、ラズが釘をさす。

「なくすなよ。服にポケット付いてるだろう？　穴があいてないか確認して入れるんだぞ？　それからちゃんと奥のほうに押し込んでおくんだ。浅いところだと動いたときに飛び出して落としちゃうからな。それからお金がもっといっぱいになったら財布を持ったほうがいい」

「ラズは財布持ってるの？」

「いや。財布が必要なほど金持ってねぇ」

え？　なんで？

と、尋ねようとしたらお腹がまたぎゅぅーっと鳴った。

「買おうぜ！　パン！」

ラズに手を引かれてパン屋の前に行く。

でも、お店の中に入らない。

「うわ、くっせぇのが来た」

店にいたそばかすの浮いた男の子が顔をしかめる。

「近寄るなよっ！」

男の子が、しっしと手で追い立てる。

「パンを一つ売ってくれないか？　買ったらすぐに立ち去るから」

ラズが銅貨を持った手を差し出した。

「お前みたいな奴に売るパンはないっ！　パンに臭いがうつるだろ！　早くあっちに行けって！」

男の子が怒って店から棒をひっつかんで出てきた。

「商売の邪魔になるんだよっ！」

棒を振り上げて、そのままラズに向かって振り下ろす。

ラズがぱっとその棒をよけた。

ひどい。確かに……臭いよ？

ホルン爺さんのお屋敷で臭いがついちゃったんだもん。

でも、お店の中に入ったわけじゃないし、パンを売ってくれと言っただけなのに。外に立っただけで、棒で叩こうとするなんて！

ラズの背中から顔を出して、男の子をにらみつける。

「臭くなければ店の中に入ってもいいのね？」

私の言葉に、男の子が笑った。

「あはは、水浴びしたくらいじゃその臭いが取れるもんか！」

「臭くなければ入ってもいいのね？」

もう一度男の子に尋ねる。

「ああ、もちろんだ。だが、臭い付けて近づいてきたら、営業妨害で警邏に突き出してやる！　そうなったらむち打ちだぞ！」

ぺっと唾を吐いて男の子は店の中に戻っていった。

「ラズ、行こう！」

ラズの手を引っ張って、ホルン爺さんのもとに戻る。

「ホルン爺さん、お願いがあります！」

ずんずんと奥へと進んでいき大きな声でホルン爺さんを呼ぶ。

「ん？　なんじゃい？」

「ルン盤を貸してください！」

ホルン爺さんが首をかしげる。

「私の頭の臭い、ルン盤でとれたでしょう？　だから、体中の臭いをとれないかと思って！」

ホルン爺さんがぽんっと手を打った。

「なるほど、風呂替わりになるか実験するんじゃな。いいじゃろう」

ホルン爺さんがルン盤を持ってきてくれた。

「ラズ、そこに寝転んで！」

ルン盤をラズの体の上に置く。

「うひゃっ」

ラズがすぐに悲鳴を上げる。

「くすぐったい、ひゃはは、や、ひゃはは」

そうだった。頭の上に置かれたときにちょっとくすぐったかったんだ。

「ラズ、ちょっと我慢して」

人の体はずいぶん凸凹《でこぼこ》しているから、ルン盤はうまく移動できないようだ。手で支えて動きを補助する。頭の上からつま先まで。

それから、今度はうつぶせになってもらって同じようにルン盤をラズの体の上を隅々まで移動させる。

移動させながら、こっそり浄化と回復魔法も使う。

「ひゃー、くすぐったい、もう勘弁してくれ、ひゃひゃひゃひゃ、ひー、ひー、無理、もう無理」

「はい、おしまい」

ずっと様子を見ていたホルン爺さんが満足げに頷いている。

「ほー、驚いた。こりゃ本当に綺麗になったもんじゃ。風呂替わりに使えそうじゃなぁ。どうだ、ラズ？」

「こんなくすぐったいの我慢しなくちゃいけないなら、風呂なんか一生入らねぇよっ！」

ラズの言葉にホルン爺さんが笑った。

「ははは、いや、風呂はくすぐったくはないが、そうか。『ルン盤』で体を綺麗にするのはちょっと無理があるか。風呂替わりにならない……古代の人間も風呂としては使ってなかったってことだと想像できるな。有意義な実験じゃった」

ルン盤を持って、ホルン爺さんが戻っていった。

「ごめん、ラズ……」

ちょっとげっそりしてるラズに謝る。

あんまりあの男の子に腹が立ったから……つい。

「ううん、二度と御免だけど、一度くらい構わないよ。ほら見てくれよ」

ラズが立ち上がって両手を広げてくるりと回って見せる。

「めちゃくちゃ綺麗になった。すげーよ。おいらじゃないみたいだ！」

「ふふっ、ラズはラズだよ。……それから、今度はお風呂で綺麗になろうね？　お風呂は気持ちいいから」

お金を貯めて、ラズをお風呂に入れてあげるんだっ！　それが私の当面の目標。決めた！　絶対頑張る！

「じゃ、行こう！」

ラズの手を掴んで、さっきのパン屋まで走っていく。

「約束よ！　店の中に入ってもいいでしょ？」

男の子があわてて棒を持って外に出てくる。

「近づくなって言っただろう！　警邏を呼ぶぞ！　営業妨害だ！」

ひどい！　約束が違う！

男の子がぶんぶんと棒を振り回す。

ラズはひょいっと棒を避けた。

パンを売ってくれと言っているだけなのに、どうしてっ！

棒を振り回す男の子の前へと足を踏み出す。

「痛っ」

ガツンと額に棒が当たり、ぱっくりと割れたのか血が流れるのを感じる。

「ミオ、何してるんだっ」

痛いっ。

でも平気。【回復】八割。

「臭くなくなれば、店に入ってもいいって言ったでしょ？　忘れたの？」

男の子は流石に私を叩いてしまったことにびっくりしたのか棒を振り回すのをやめた。

けれどずっと棒を構えて私の前に突き出し続けている。

「う、うるせー！　どっか行けよっ！」

騒ぎに周りに人が集まってきた。

「おい、なんの騒ぎだっ！」

警邏があわててやってきた。どうしよう。このままじゃむち打ちになっちゃう？

回復魔法を使い続ければ全然痛くはないけれど。ラズだけ連れていかれちゃったら……。

「こいつらが、営業妨害するんだ、捕まえてくれ！」

ラズが連れていかれないように必死に警邏に訴える。

「営業妨害なんてしていません」

警邏が私と男の子の顔を見比べた。それから男の子に尋ねる。

「営業妨害とは何をされたんだ？」

「臭くて汚い姿で店の前をうろつかれたんだ」

警邏が私とラズを見た。

「臭いか？」

警邏が首をかしげたところでラズが私の前に出た。

「確かにおいら、臭かったんだ。だから店に入らず、店の外からパンを売ってくれと声をかけたんだ。そうしたらパンの代わりに棒を持ってきて店に近づくなと殴られそうになった」

警邏は不快そうに眉根を寄せた。

「金は？」

ラズがポケットから銅貨を出して見せる。

「金を持ってきている客にパンを売らなかった理由は？　臭かったから？　店の中に入ってきたわけでもないだろう？　売ってやれば店から立ち去っただろう？　それなのにうろつかれたという主張はおかしくないか？」

警邏の言葉に、周りで様子を見ていた人が声を上げた。

「うろついちゃいないさ。坊主の言う通り、パンを売ってくれと店の外で声をかけてただけだよ」

「そうそう、臭いがなくなれば店に入れてやるって言われて出直してきたのに、店に入れるどころかいきなり棒で殴りかかってたぞ」

「嬢ちゃんに怪我させたのに謝りもしない」

やんややんやと次々に警邏に状況を説明する言葉が飛ぶ。

「大丈夫かい？」

警邏が私の顔を覗き込んだ。

「慰謝料をもらうか、こいつを牢屋に入れるか、どうしてほしい？」

警邏の言葉に、男の子がびくりと体を震わせた。

「俺は悪くない、そいつらがひどい臭いでうろつくから……だから、だいたい浮浪児がパンを買おうなんて生意気だし、その金だって、誰から盗んだものかわかりゃしないしっ」

ひどい。

「牢屋に入ると、むち打ちされますか？」

警邏に訊いた。

男の子が顔を青くする。

「親がいないのも住む場所がないのも、ラズのせいじゃない……。浮浪児になりたくてなったわけじゃないのに……。ひどい臭いになりながらも、ホルン爺さんのところでゴミ運びの仕事をしてお金を稼いでるのに……盗んでなんかないのに……。困っている私に親切にしてくれたのに……どうしてラズはそんなこと言われなくちゃいけないの？　こんな目にあわされるの？」

ぽろぽろと涙が零れ落ちる。

あれ、私、泣いてる。

王宮神殿に行って一か月目だけは両親と会えなくて少し泣いたけれど……そのあと、何があっても泣いたことなかったのに。

「お金を持ってきたのなら売ってやれ。金もないのにうろつかれたら追い払おうとするのはわかるが……」

警邏がため息をつきながら男の子を注意した。

なんで。どうして。

うろついただけでダメだって、警邏の人も言うの？

街の中を自由に歩くこともできないの？

なんで。

臭いから？　汚いから？

ボロボロと涙が止まらない。

「まぁ、牢屋は許してやれ。わかってるな」

男の子に警邏はパンを二つ持ってこさせた。

「これでな」

パンが二つ？

王宮神殿で怪我を治してもらうには、金貨十枚以上か、半年以上の順番待ちだ。

今回の怪我は大したことがなかったと言っても……。

「何も悪くないのに、棒で突然殴られても、パン二個で許されちゃうの？　それって……もし、私が死んでいても、パン十個もあれば罪に問われないってことですか？」

警邏に尋ねる。

警邏が、はぁーとため息をついた。

「今から、あなたを棒で殴っても、そのパンを渡せば許してもらえますか？」

警邏に尋ねる。

「ミオ、もういいよっ、な？」

ラズが警邏に詰め寄る私の腕を掴んで止める。

「知らないようだから教えてやる。身分と言うものがあるんだ。王族に同じことをすれば死刑。貴族に同じことをしてもむち打ち五百回は覚悟するべきだな。それから犯罪者も扱いが違って当然、わかるか？」

犯罪者に近いってこと？

何も悪いことしてないのに。

ああ、でも……臭いことが迷惑をかけるなら、悪いことなのかもしれない。

だけど、食べることだけでも必死な生活をしていたら、風呂になんて入れないし、ボロボロの服を着続けるしかないし……。

でも、水浴びや洗濯はできる？　ううん、洗濯すれば弱った布はさらに弱る。洗った服を乾かしている間に着る服だって必要になる。水浴びだって、寒い時期には辛いだろう。

どうすれば、家もない、明日食べるものすら事欠く人間が身ぎれいにできるのか。

悔しい。

無理じゃない。

ただ、親がいなかっただけで命が軽くなるなんて。

「行こう、ミオ」

ラズはパンに手を伸ばさない。私もパンに手を伸ばさない。

「忘れ物だぞ」

男の子がにやにやしてパンを私に向かって投げつけた。

コロンコロンと地面に転がるパン。

「私の命もラズの命も、こんなに安いものじゃない」

ラズの手を取り、振り返らずに歩いていく。

「ごめんなミオ。不愉快な思いさせた……。それに、怪我は大丈夫か？」

ラズが心配そうに私の額の傷を見た。

「うん、平気。血が派手に出ただけ」

回復魔法でちょちょいと治しちゃえるし。

「……」

そう、治しちゃえるんだ。怪我なんていくらでも……。

でも。

「ラズ……ごめんね……ごめん……」

「ミオ、どうしたんだよ？　やっぱり痛いのか？」

ボロボロと涙が落ちる。

でも、傷ついた心は治らないんだよ。魔法じゃ。

お前の命はパン数個分だなんて。そんな風に言われて傷つかないわけない。

「命の価値に違いなんてないよ……」

ラズが私の頭を撫でる。

ふふ、おかしい。私のほうがお姉さんなのに。

「おいらはそうは思わない」

「え？」

「街にはさ、優しい人もいるんだ。ホルン爺さんは仕事くれるし、時々御飯も食べさせてくれる。屋敷の中で寝ても追い出さない。買い取りしてくれる雑貨屋のおやじさんも、こんなゴミ買い取れないと言って奪ってくことはしないし、それにミオにあげた固いパンあるだろう？　あれは食堂で客が食べ残したものを取っておいてゴミ捨てのお駄賃としてくれるんだ」

優しい人……。

そうだ、ハーグさんもゴミ箱にいた私のことなんてほっておいたって良かったのに、宿で風呂入れて綺麗にしてくれた。女将さんも石鹸をおまけしてくれたし……。

それに、ラズだって、何もわからない私にいろいろ教えてくれるし。

「優しい人は、おいらにとって命の価値があるし、さっきのあいつらの命はおいらにとって価値はない」

ラズの言葉に驚く。

「ラズにとって、価値がある命かどうか……？」

うんとラズは頷く。

「パン屋のあいつにとっては、おいらの命に価値はなかった。だって、パンをいっぱい買う客じゃないからな。仕方がない。まぁ、それだけのことだ」

ふっとおかしくなる。

傷つくなんて杞憂《きゆう》だった。

ラズはとっくにそんなの乗り越えてたんだ。

自分にとって相手の命に価値があるかないか……か。

「全部そうだろう、あのガラクタだってさ、ホルン爺さんにとっては価値があるけど、他の人にはゴミだ。ホルン爺さんがいらないと言った物ですら、おいらにとっては分別して売れる物は価値がある。流石にゴミに価値はないけどな」

そっか。

「でもゴミも、ゴミを回収する仕事をしている人にとったら、なくなったら困る価値のある物だよね」

ラズが目を丸くした。

「ほんとだ。おいらにとってゴミは価値がないけど、確かにゴミを集めて金をもらう人からすれば価値があるか！　すげー、気が付かなかったよミオ！　ミオはすごいな！」

違う！

「すごいのはラズだよ！」

「いや、ミオだよ！　この靴だって、おいらには価値のないゴミだと思ったけど、ミオは直しちまったもんな。今ではおいらにはすげー宝物だよ。めちゃくちゃ価値がある」

ラズがニコニコ笑っている。

うう。本当は回復魔法でズルしたから。私はすごくなんてないのに……。

いたたまれなくなってうつむくと、ラズが小さな声でつぶやいた。

「でもさ……」

二人でゆっくり歩きながら。

「自分にとって価値がない人間にならなら何をしてもいいっていうのは、おいらにはわからない」

うん。そうだよね。

自分にとって価値がない人間……関わりのない人なんてほぼそれだ。

王宮神殿を思い出す。

優しかった人は二人だけ。

「それでさ、おいらはさ……。おいらみたいな親なし家なしにも優しくしてくれた人みたいに将来なりたいんだ」

ラズが照れながら将来の夢を語る。

なんで？　恥ずかしがることない。立派な夢だ。

「いっぱいお金稼いで、パンを買って、おいらみたいな親なし家なしに食べさせてやりたいんだ」

ラズ……すごい。

感心していると、ラズが私の顔を見た。

「ミオの将来の夢は？」

「え？」

将来の夢？

考えたこともなかった。

王宮神殿にいるときは、見習い聖女から、聖女になるんだろうなと思ってたし。

聖女になったらもう少し御飯をたくさん食べたいなとか、その程度のことしか考えてなくて……。

ああそうだ。聖女になったら誰かと結婚するんだろうとも思った。「平民でも、聖女なら強欲じじぃがもらってくれるわよ」と先輩たちが笑っていたっけ。そういうものなのかとぼんやり思っていたんだよね。強欲じじぃでもご飯をいっぱい食べさせてくれるならそれでいいかなと。

「あのさ、ある日、食べる物もなくて死ぬか、犯罪者になるしかないかと思ってたときに助けてくれたじーさんが言ってたんだ」

え？　ラズが犯罪者になろうとなんて考えたことがあったの？

「今日や明日のことばかり考えるなと。将来に夢を持てと。こんな生活してたら夢も何もないだろうって言い返したらさ、おいらの頭をじーさんが乱暴に撫でるんだ。助けてもらったのに、感謝するどころか反抗的なおいらの頭をだよ？」

ラズのその時の気持ちがよくわかる。

頭を撫でてもらえると、すごく幸せな気持ちになるよね。

「勇者も、お前のように小汚い小僧だったぞ。だけど、お前と違って大きくなったら勇者になるんだって夢を持っていたって言うんだ。なんでじーさんがそんなこと知ってるんだよって、嘘だろうどうせって言ったらさ」

ラズが、服の中から銅貨ほどの大きさの平べったい黒い石を取り出した。

上部に穴があいていて、そこに革ひもを通して首にさげていたようだ。

「これくれたんだ」

「何これ？」

ペンダント？

黒い平べったい石には、細かい模様が彫られている。文字でも絵でもなさそうだから模様なのだろうけれど美しくは見えない。

「じーさんが言うには〝宝の在りかを示す地図〟なんだとさ。じーさんの夢はその宝を見つけることで、ずっとあちこち旅をしていたんだって。その時幼い勇者にも会ったって。本当かどうかわからないけど」

ラズが話を続けてくれた。その時の様子はこうだったらしい。

「これをおいらに渡したら、じーさん宝探しができないじゃないか。夢を諦めるのか？」

「夢は……諦めたんじゃない。託したんだ」

「はぁ？」

じーさんが上着をまくり上げてお腹を見せた。

そこにあるはずの何かがない。

「ダンジョンの罠にはまっちまった。内臓をそっくり取られたようでな。もう食べることができない。つまり……死ぬんだよ、近いうちに。だから、坊主、お前に託した。宝を探す必要はない。興味を持つ相手に渡してくれ……」

びっくりして立ち尽くしているラズを残して、じーさんはその場を去って行ったらしい。

最後に、ラズの頭を撫でて。

「まぁ、そんなわけでさ。勇者の話が本当か知らねーけど……死ぬ人間の言葉を疑うのもあれだし……」

宝の在りかを示す地図？

黒い石の模様をもう一度しっかり眺める。

「確かに地図といえば地図っぽい？　でも、小さすぎてよくわからない。本物なの？」

私の問いに、ラズが首を横に振る。

「わからない。まぁ、おいらは宝探しする気はないし。宝探ししたそうな奴に会ったら渡すつもりだから。で、ミオ、話を戻すけど」

ラズが黒い石のペンダントを服の中に戻す。

「ミオの夢は？」

私の夢……。

美味しいものお腹いっぱい食べたい……というのは、単に今の望みなのかな。

宝を見つけたいとか勇者になりたいとか……夢というのとは違う。

……ラズをお風呂に入れて、あの気持ちよさを味わってほしいというのも、将来の夢というほどではないよね。

ラズは、お金を稼いで、孤児にパンをあげたいって……。

パン屋での出来事を思い出す。

親なし家なしというだけでパンさえ売ってもらえない……。臭いからうろつくなと……。

「あ、そうだ！　私は、じゃあ、ラズがパンをあげた子をお風呂に入れてあげたい！」

「え？」

「あのね、ラズ、本当にお風呂は気持ちいいんだよ。それに、綺麗になって、臭くなくなったら、パン屋にも入れてもらえるよね？　親切にしてくれる優しい人に迷惑をかけるようなこともなくなるよね？」

ラズがちょっと考える。

「ああ、確かにそうかもな。臭くなくなれば、お礼に店の手伝いだってなんだってできるようになるよな？」

うん、と頷く。

「私の、夢。夢が見つかった！　お金を貯めて、みんながお風呂に入れるようにするんだ！」

お風呂を造る？　水魔法や火魔法が使える人に毎日お願いしてお湯を入れて、石鹸買って、それから……。

こっそり浄化と回復魔法を使おう。

「洗濯もして、あと、そうだ。着替えもあるといいな」

ラズが首を横に振った。

「着替えはダメだよ……。家なしは置いておく場所もないし……」

そっか。確かに、持ち歩くわけにもいかないし、荷物が増えても困るのか。

「それに、貰ってすぐ売る奴もいるだろうから……それを見たらミオが傷つく」

ラズがさらに何かをつぶやいたけど、よく聞き取れなかった。

「着替えがないと、洗濯しても乾くまで困るね？　……もしかして、風魔法とか何か洗濯を一瞬で乾かす方法とかあるのかな？　水魔法で水を飛ばすとか？　うーん」

首をひねると、ラズがぽんっと手を叩いた。

「なぁ、あれは？　ほら、ルン盤！　風呂に入ってる間に服だけルン盤で綺麗にすりゃいいんじゃねぇ？　それならくすぐったくないし！」

お、おお！

「すごい、そうだね！　それなら乾かしたりしなくていいし、ゴシゴシこすって布を傷めたりもしないね！　手で洗うよりも綺麗になるし！」

そして、ルン盤のおかげって顔して、こそっと浄化と回復魔法も使える。

ほくそ笑むと、ラズがあーっと声を出した。

「でも、絶対ホルン爺さんルン盤貸してくれないぞ？　別の方法考えないと！」

確かに。

「じゃあ、えっと、ルン盤を手に入れるとか」

「アーチファートなんて手に入らないと思うぞ？」

「……ん……」

ホルン爺さんの屋敷に積まれた道具の数々を思い出す。何年あのような状態で物を集めては研究しているのかわからないけれど。それだけ集めても見つかったアーティファクトは数えるほどなんだよね。

いいアイデアだと思ったのに。全然そうじゃなかった。

がっかりと肩を落とすと、ラズが私の肩を叩く。

「いいじゃん。宝探しみたいなもんだろ。それがミオの夢なら、それでもいいじゃん」

「え？　……宝探し？」

そうだ。宝探し！　ラズに夢を持てと言ったお爺さんは宝を探していたんだよね。

私だって、手に入るかどうかわからない私のルン盤を探すのを夢にしたっていいんだ。

いや、待って、夢が変わってる……。私の夢はお風呂にみんなが入れるようになることだ。

ああ、そのための道具を手に入れるのも夢の一部かな？

もしかして、ルン盤以外にもすごい道具がどこかにある？

火イターっていう火をつける道具も見せてもらったよね。……火魔法使いにお願いしなくてもお湯を沸かせる道具があるかもしれないってことじゃない？　もっと大きな火が点く道具があれば。

あと、水も出せる道具もどこかにあるかもしれない。

ちょこっと壊れた道具でも、魔法を使えば直せるから。

えーっと、道具屋のおじさんが言ってたよね。新品は高くて、中古品はその十分の一の値段で、壊れていてなおせるものならさらに十分の一の価格で、直せないものは、価値がないんだったっけ？

アーティファクトも価値がないゴミなら、お金のない私でも手に入れることができるかもしれない。

お金がなくてもお風呂の夢を叶えられるんじゃない？

アーティファクトさえあれば。

「……見つかるかな……」

見つけたい。

お風呂に役立つアーティファクト！

「見つけようぜ」

ラズが、にかっと笑う。

「ん？　ラズは別の夢があるんでしょう？」

見つけようって、一緒に探すみたいな言い方。

「おいらの夢を叶えるためにお金を稼ぐって言っただろ？」

「うん」

「十四歳になったら登録できるようになるから、おいら冒険者になるんだ」

え？

「冒険者って……」

すっと青ざめる。

「ひどい怪我をしたりするんだよね？」

王宮神殿に来ていた人たちを思い出す。

……冒険者はポーションで怪我を治すから、やってくるのは引退した元冒険者だ。みな、ひどい傷跡が残っていた。

ラズが首を横に振った。

「おいらはさ、勇者になりたいなんて大それた望みはないから。無理はしないよ。ちゃんと訓練をして、初めは街中の仕事をするんだ。危険はないよ。それから低級ダンジョンから仕事をしていくよ。コツコツ仕事をすれば、少しずつお金も貯められるって教えてもらった」

え？

「冒険者って、危険じゃない仕事もあるの？」

「うん。街に出たスライム退治とか」

スライムなら、確かにそれほど危険はない。厄介ではあるらしいけど。

「森の入り口付近での薬草採取とか」

森の奥は危険らしいけれど、入り口付近なら確かに危険も少ないと聞いたことはある。

「それから冒険者はさ、ランクがあるんだよ。初めはF級でさ。F級の仕事しかできない。冒険者のランクも仕事のランクもギルドが決めるんだ。だから、F級の冒険者でも危険のないようにF級の仕事を決めてるから大丈夫だよ」

そっか。

……じゃないよ。

「でも、たくさんの冒険者がひどい怪我をしたり、ときには命を失ったりしてるでしょ？　やっぱり大丈夫じゃないんじゃない？」

ラズが苦笑いする。

「実力がないのにランクが上がってしまったりしなきゃ大丈夫だよ。中には、D級レベルの実力しかないのにB級になっている者もいるらしい」

なんでそんなことがあるんだろう？

首をかしげたらラズが説明してくれた。

「パーティーメンバーに恵まれて棚ぼた式にランクが上がった者もいれば、金で実績を買ってる奴らもいるって聞いたな。あとは、昇給条件だけクリアして経験不足だとか」

さらに首をかしげる。

「怪我をしたり危険なのに、なぜランクを上げようとするの？」

せっかくギルドがあなたに安全にこなせる仕事はこのあたりですよ、と仕事をランク分けしてくれるのに……。わざわざ死んでしまうかもしれないようなことをするなんて、意味がわからない。

「夢があるんだろ。おいらとは違う……命を懸けても叶えたいような夢が」

ああ、なるほど。ランクを上げることでしか叶えられない夢か。

ラズがふっと笑う。

「まぁ、おいらは大金持ちになりたいわけでもないし、勇者を目指すわけでもないから、ランクを必死に上げようって奴らの気持ちはよくわからないけどな。でもさ……ミオがアーチファクトが欲しいっていうのを叶えるためならちょっと頑張ってランク上げたいなぁと思ったよ」

え？

「な、なんで？　私がアーティファクトが欲しいからって、ラズが危険なことするなんて」

ラズが、へへっと笑う。

「危険なことはしないさ。ちゃんと訓練して経験積んで、無理のないようにランクを上げるつもりだけど。ダンジョンの中でアーティファクトが見つかることがあるからさ。いろんなダンジョンに行けるようになるといいなぁって思ったんだ」

「え？　ダンジョンでアーティファクトが見つかるの？　それって、モンスターを倒すと出てくるってこと？」

聞いたことがある。宝箱が出てきて、いろいろな物が手に入るって。

ラズが首を横に振った。

「ホルン爺さんから聞いた話だけど、アーチファアートって、古代の魔法道具なんだって。ダンジョンで出てくるものじゃなくて、ずーっとずーっと昔の人が作ったらしい。もう作り方も忘れられて、作れる人もいないし、修理すらできないらしいけど」

「昔の人が作った魔法道具？」

うん、とラズが頷く。

「でさ、昔の人が使ってたから、遺跡から発掘されたり、どっかで家宝として残されてたりするんだけど、ダンジョンの中でも見つかるらしいんだ」

ダンジョンの中で見つかる？

「ダンジョンの中に隠しておいた人がいるとか？」

「まぁ、それもあるだろうけど。ダンジョンに道具を持って行って帰れなかった人が残したものとか、モンスターの腹の中から出てきたりとか」

う。

それって、古代の人がダンジョンで亡くなって残った遺品ってことだよね。

「まぁゴミにしか見えないもんだから冒険者も放置してそのままになってる物も多いだろうけどさ。おいらはホルン爺さんとこでいろいろ見てるから。なんとなく古代の魔法道具っぽい物もわかるようになってるかもしれないし」

ゴミか。

ダンジョンのゴミは昔の人の遺品。

……壊れて捨てたゴミとは違い、使っていたものがそのまま道具だけ残されて時が経ったものならば……。

部品がそろってるんじゃない？

持ち帰るときは全部を回収することはできなくても、その場には全部あるんじゃない？

だったら、ダンジョンの中で回復魔法を使えば、アーティファクトも部品が欠けてない完ぺきなものが手に入るかも。

「私も、冒険者になってダンジョンに行きたいな」

「え？　ミオも？　駄目だよ！　危ないよ！」

ラズが声を大にして叫んだ。

「え？　だって、ラズは危険じゃないって言ったよね？　やっぱり、危険なの？」

ラズが、あーっと口を押さえた。

「うんと、ミオは体を鍛えてないだろ？　モンスターが出るんだよ？　倒さないと駄目なんだよ？」

「ラズもそれは一緒でしょ。頑張って鍛えるよ！」

ラズが、んーと頭を抱えた。

「なんで？　私には無理だと思ってる？」

「いや。その。おいらは男だからさ、パーティーの雑用や下働きしながら鍛えてもらうこともできても、ミオは女の子だし、かわいいから危険だよ」

かわいい？

小さく見えるってこと？　まぁ、十一、二歳にしか見えない十四歳なので、子供扱いされるかもしれないけれど。

「おいらも……運よくいい冒険者と出会って、鍛えてもらえるといいんだけど……」

いい冒険者か。

そういえば、ハーグさんは冒険者だって言ってた。頼めないかな？　図々《ずうずう》しいよね。

冒険者は雑用や下働きをしながら鍛えてもらうのか。掃除や洗濯ならできるんだけどなぁ。パー

ティーの雑用ってどんなことなのかな。

「冒険者もさ、自分が強くなって上に行きたいからさ。初心者に付き合っている場合じゃないからな。鍛えるにしても、何か特別な能力があって育ったら役に立つだろうって人ならいいだろうけど……おいら、特に攻撃魔法とか使えないし」

そっか。確かハーグさんは火魔法を使っていた。火魔法って、攻撃魔法とかにも使えるものね。

私が使えるのは光属性の魔法で……。

全然攻撃できない。

光魔法でダンジョンの中を明るくしても、ちょっと戦いやすくなるだけ？

浄化魔法でモンスターを綺麗にしても、まったく意味がないよね。

回復魔法でモンスターを回復するなんて逆に迷惑でしかない。

唯一、冒険者を回復するのに役立ちそうだけど、冒険者は通常ポーションで回復するっていうから、いてもいなくてもいい存在だよね。

ポーションで代用できるのに、戦えもしない足手まといを連れて行ってくれる人なんているわけないよ。

「私も攻撃魔法……使えない……。ラズの言うとおり、冒険者は無理かも……」

がっかりとうなだれる。

ダンジョンの中で見つけた道具を直して持ち帰ろう作戦が……。

古くてボロボロで触って持ち上げられないような物でも、その場に部品さえそろっていれば……欠片《かけら》になっても残っていれば、回復魔法で直せるのになぁ。

流石に、そのあたりの土とか全部持って帰ってきてとか無理だろうし。

残念。

「そんなに冒険者になりたかったのか？」

「うんと、ダンジョンに行ってみたかったの」

「だったら、おいらが冒険者になって実力ついたら連れてってやるよ。冒険者じゃなくても、冒険者を護衛に雇ったりしてダンジョンに入ってる人はいるんだ。ダンジョンごとに入ってもいい条件とかあったはずだ。あ、あとミオは掃除が得意だろ？　拠点を持って共同生活してるパーティーの家政婦とかになれば、あまり危険じゃない低層階ならダンジョンに連れてってもらえるかもしれないぞ？」

そうなんだ。そんな方法が！

「んー、となると、おいらもっと頑張らないとな。ミオのためって思うと、なんかもっと頑張ろうって思えるよ」

「わ、私も頑張る！　ラズをお風呂に入れてあげられるように！　あ、でも何を頑張ったらいいのかな」

いつか皆をお風呂に入れられるようにという夢は持ったけど。その夢のために、今何をすればいいのか……。

きゅるるーとお腹が鳴った。

「まずは食べようぜ」

ニカッとラズが笑う。

そうだ。パンを買おうとしたのに買えなかったんだ。

「いつもの……残り物を売ってくれるとこになっちゃうけど」

そっか。もしかして、ラズはせっかくいつもよりもお金が稼げたし、私に少しでもいい物を食べさせてくれようとしていつも行かないパン屋へ行ったのかな。

私のせいで嫌な思いさせちゃった。

ラズの手をぎゅっと握る。

「優しい人に会えるの、嬉しいよ」


ラズに手を引かれて、大通りから一本奥の道を進んでいく。

それから細い裏通りに入ると、建物の裏口の木のドアを叩いた。

ちょっと待っていると、ギィギィと音を立ててドアが開く。

随分と疲れた顔をした中年の男の人が顔を出した。

「ああ、ラズ。いつものだな、待ってな」

すぐに男の人は建物の中に戻っていき、ラズに固いパンを一つ手渡す。

「ありがとう、おじさん。これ」

ラズが、おじさんに銅貨を一枚差し出す。

「はは、いらないよ。売り物じゃない、残り物だからね」

おじさんが笑う。

残り物といったって、十分食べられる。客に売ることはできなくても自分の食料にはできるだろう。

それをただでくれるの？

私が王宮神殿で食べていた残り物よりもずっと大きくて立派なパンだよ？

「今日は、いっぱい稼げたのでっ！」

思わず声が出る。

「ん？　ラズ、この子は？」

どうやら開いたドアの陰になっていて私の姿はおじさんからは見えなかったらしい。

「ミオ。俺と同じ親なし家なし。そのうえ昨日は酔っぱらいにゲロをひっかけられたらしい」

おじさんが驚いた顔をする。

「なんてことを。ゲロをひっかけるなんてひどい奴もいるもんだっ！　お前たちだって好きでそんな生活をしているわけじゃないのにっ！」

それから、激しく怒り始めた。

あ。

もしかして今の説明で、あのパン屋のように、何もしていないのに嫌がらせでゲロをひっかけられたと思って怒ってくれているのかな？

「あ、あの、不可抗力で、わざとゲロをかけられたわけじゃなくて、そ、それにお詫びにこの服をくれましたし……」

だぼだぼのワンピースをおじさんに見せる。

おじさんが、ふっと優しそうな笑みを浮かべた。

「そうだったのか。サイズは合っていないが、かわいい服をくれたのか。それは良かった」

「は、はい！」

ハーグさんや女将さんを褒めてもらえたような気持ちになって嬉しくなる。

「待ってなさい」

おじさんは中に入っていくと手にパンを一つ持って戻ってきた。

「はい」

手渡されたパンにびっくりして顔を上げる。

「え？　これ、売り物じゃないんですか？」

パンは固くなかった。

「いいさ。今日は半分しか店を開けられないからな。どうせ余る」

おじさんの言葉に、ラズが声を上げる。

「どうして半分なんだ？　おばさん、また悪くなったのか？」

おばさんが悪くなる？

おじさんがラズの頭を撫でた。

「心配してくれてありがとうなラズ。違う。逆だよ。やっと、神殿に申請していた順番が回ってきたのさ。今日は妻を連れて神殿に行ってくる。これで体調も良くなるはずだ」

奥さんが病気なのかな？

でも、神殿で回復魔法かけてもらえばよくなるよね。良かった。

……でも聖女は、私みたいに時間がないからとまとめて礼拝堂にいる人も神殿の周りにいる人も全部とかしないんだよね。

一人ずつ癒やしていく。ということは、奥さんは良くなるけれど付き添っているおじさんまでは癒やされない。

すごく疲れている様子なのに。奥さんの看病で疲れているのかな……。

「おじさん、じゃあ、あの、パンのお礼に肩を叩きます！　私、上手なんですっ！　はい、ラズ、これ持ってて！」

おじさんからもらったパンをラズに押し付け、断られる前におじさんの肩に手を伸ばす。

「【回復】」

怪しまれないように、肩だけをゆっくりと回復させていく。

「あ、背中も随分凝っていますね。ちょっとマッサージしますね！　わぁ、腕も鍋やフライパンを振っているんですか？　ちょっとマッサージします！」

と、マッサージのふりして少しずつ回復魔法をかけていく。だいたい全快ではなく、おじさんの疲労や体の悪いところの半分はよくなっただろうところでやめる。

回復魔法が使えることは、ばれてないよね？

「なんだ、こりゃ。本当にミオちゃんは肩叩きもマッサージも上手いな。随分楽になったよ。パン一個じゃ申し訳ないくらいだ。すごいな」

おじさんの顔色は良くなっている。

ああ、そういえば、まとめて癒やしていたから、良くなった人の顔を見ることも、良くなって嬉しいと思うことも随分なかった。洗濯や掃除と同じ仕事の一つだとしか思えなくなっていたんだ。……そっか。

私、いつまでも見習い聖女のままだったのはそういうところもダメだったのかもしれない。

聖女たちは、一人ずつ癒していく。話を聞き、悪いところが良くなったかを確かめ微笑みを返す。そういう少しの時間も大切なのかもしれない。怪我や病気の苦しみとそれが癒えたときの喜びの気持ちに寄り添うことができなかったから、いつまでも見習いのままだったのかも。おじさんに大切なことを気づかせてもらった気がする。

「すごいのはそれだけじゃないんだ。ミオは壊れた物を修理するのも上手なんだよ。ほら、この靴。ゴミとして捨てられてたのを、ミオが履けるように直してくれたんだ！」

ラズが自慢げにおじさんに靴を見せた。

「そうか。立派な靴じゃないか」

つぎはぎで紐も無理やり通した不格好な靴だけど、ラズは嬉しそうにおじさんに見せるし、おじさんも宝物を褒めるように頷いている。

なんだかくすぐったい気持ちがして。それから、嬉しくて胸がポカポカする。

「おじさん、パン、ありがとう！　えっと、また肩が凝ったら肩叩きします。それからお金をいっぱい稼げたらご飯食べに行きますっ！」

おじさんがそうしてくれと頷いて店の中に戻っていった。

「ラズ、いい人だね」

「うん」

固いパンと柔らかいパン。どちらも半分にしてラズと分けた。

それから裏路地の隅に腰かけて、パンを食べた。

柔らかいパンは、今まで食べたものの中で一番おいしく感じた。……人の優しさが詰まった幸福の味だ。

「幸せ」

「だな」

ラズの、将来の夢。孤児にパンを食べさせてあげたいというのは、お腹をいっぱいにしてあげたいという単純な理由だけじゃないんだね。

こうして幸せを感じる時間をあげたいってことなんだよね。きっと。

私も、お風呂に皆を入れてあげたいというのは、何も綺麗にしてあげたいというだけじゃなくて。

風呂に浸かったときのあの幸福感を味わってほしいから。

……あの時の幸福感も、ハーグさんと女将さんの二人の優しさに包まれている感じがしたからかもしれない。

「ラズ、頑張って働こう！」

立ち上がって気合を入れた私を見てラズが笑った。

「お腹がいっぱいになって元気がでたのか？」

それもあるけど、それだけじゃない。いっぱいお金を貯めて夢を叶えたい。

皆が入れる風呂を造るんだ。そのためにアーティファクトが見つかったら嬉しいけど、見つからなくてもお金がいっぱいあればきっと実現できる。

「じゃ、戻ってまたゴミの仕分けとゴミ捨てだ！」

ラズの言葉に頷き、ホルン爺さんの屋敷に戻った。


うう、臭い。

一度場所を離れてもう一度来ると、また臭いがきつい。

こっそり【浄化】を二割ほどかける。ふぅ。少しマシになったかなぁ。

仕分けしていた場所に戻るラズが首をかしげた。

「あれ？　全然増えてないな？」

確かに、仕分けて持って行ったときに残っていたゴミの山はそのままだった。

「おーい、ホルン爺さん、今日はもうおしまいか？」

ラズが奥へと進んでいく。

「アーチファートらしいものを見つけたら、その研究に没頭してゴミ捨ての仕事はなしなんだ」

ラズが私を振り返って説明してくれる。

なるほど。アーティファクトかもしれないものを見つけたら、他のことしてる場合じゃないよね。ルン盤も、魔石が残っていることを見つけて魔石で動くのかと実験したって言ってたから。スライムを入れると動くと気が付くまでどれくらいいろいろ実験したんだろう。

「ちょっと待っててくれ、訊いてくる。この先はもっとすごいことになってるからな」

人が通れる場所すらなく積み上げられたガラクタ、いえ、えーっと、いろいろな物を乗り越えてラズは奥に消えていった。

「おーい、ホルン爺さん、実験室にいるのか？」

触ってはいけないと言われていたけれど、見てはいけないと言われていないので、きょろきょろと辺りを見回す。

割れた瓶が視界に入った。近くに破片も散らばっている。

「ガラスを踏むと危ないわよね……」

流石に割れた瓶がアーティファクトということはない……よね？

「【回復】」

破片は集まり、もとの瓶の形に戻った。

「なんだろう、これ？」

瓶に手を伸ばす。どうやら、割れて中身が出たのはこの場所だったらしい。瓶の中身までもとに戻っている。

手のひらより少し小さな瓶。

中身は緑と紫の液体が上下に分かれている。

「不思議……。混ざらないのかな？　もしかしてこの不思議な感じがアーティファクトっぽいからって持ち込まれたとか？」

もしかして卵の白身と黄身みたいなものかな？　混ざらないものってあるよね？　油も水に浮かぶし。

え……。

もしかして、これ、色を付けた水と色を付けた油を入れてあるだけだったりして……。

ホルン爺さんを騙して売りつけたとか……？

ありえる……というかきっとそうだよね。

瓶の形は、何度か見たことがあるポーションのものとそう変わらないし。空き瓶に何か入れただけ？

よく見たら、近くにもう一つ瓶がある。同じ形だけど中身は空で、蓋がない。

やっぱりありふれた品物なんだ。アーティファクトじゃないんだね。売れるかな？

「ホルン爺さんっ！　大丈夫かっ！」

喉が切れてしまいそうなほどの切迫したラズの声が聞こえてきた。

「ホルン爺さんっ！　今、助けるから！」

何が起きたの？

瓶をポケットに突っ込み、ガラクタの山を登っていく。

「爺さん、返事をしてくれ、爺さんっ！」

ラズの悲痛な叫びが聞こえるほうへと、どくどくと響く心臓を抑えて急ぎ進んでいく。

「ラズ、どうしたの！」

ラズがしゃがみこんで周りのガラクタに手を伸ばしている姿が目に入り、声をかける。

「ホルン爺さんが……」

近づいて、ハッと口を押さえる。

ホルン爺さんの姿が遠くから見えなかったはずだ。

「こんなに積み上げるからだ……ホルン爺さん、すぐにどかすから」

ホルン爺さんは、崩れてきたであろうガラクタの山の下にいた。

頭とかろうじて右手だけが見えている状態だ。

ラズはホルン爺さんの上に積み上がったガラクタを一生懸命どかそうとしている。

だけど、どう考えても子供の力では動かせそうもない大きなものものっている。

「【回復】」

ホルン爺さんに回復魔法をかける。ピクリと動いたけれど、目は開かれることはなかった。

そりゃそうだ。いくら回復しても、また上にのっているガラクタで傷つくのだから。

「爺さん、死ぬな、すぐに、どかすから、なぁ、爺さんっ！」

「ラズ、大人を呼んでくるっ！　待ってて！」

今来たガラクタの道を引き返して屋敷から外に出る。

「助けてください、ゴミの下敷きになって」

屋敷のすぐ外に歩いている人に声をかけるけれど、誰も立ち止まって話を聞いてくれない。

「お願いです、ホルン爺さんがゴミの下敷きになって、助けてください」

力のありそうな男の人の手を掴んで頼みこむ。

「ゴミ屋敷の爺さんが？　自業自得だろう」

すぐに手を振り払って、男の人は行ってしまった。

そんな。どうすればいいの！

「助けてください、誰か、誰か！」

なぜ、どうして誰も助けてくれないの！

誰彼構わず道行く人に声をかけ続ける。

「邪魔だ！」

「うるせーよ。さっきから」

にらまれ、蹴られ……。

どうして。なんで。助けてよっ！　ホルン爺さんはいい人なんだよ。ラズにとっても、私にとっても、どうでもいい命じゃない。

「助けが必要ならギルドに依頼すればいいわよ」

私をかわいそうに思ったのか、子供を背負った女性が声をかけてくれた。

「ギルド？　ギルドに行けば助けてくれるんですか？」

「依頼料がいるけれど……」

女性が申し訳なさそうに眉尻を下げた。背負った子供がぐずりだしたので、すぐに立ち去っていく。

「あ、ありがとうございます」

親切な人はいる。皆が私の声を無視し、迷惑がる中、教えてくれた。ありがとう。

お金はない。お金はないけど！

屋敷に戻り、一角の山に向かって呪文を唱える。

「【回復】」

それから直った品物の山から、売れそうな物を探す。

「あった！　これなら売れるよね！」

剣が見つかった。

青い宝石のようなものが付いた、剣の柄が見えたので引っ張り出す。

「駄目だ」

立派な剣の柄なのに、先がなかった。柄だけしかない。

折れて捨てられた剣なのかもしれない。だから先がない。

頭をぶんぶんと振る。

「宝石だ、きっとこれ」

大丈夫。宝石があるなら売れるよ。

ぐずぐずしていたらホルン爺さんが死んじゃう。

手に剣の柄を掴んで屋敷を飛び出す。

「ギルドはどこにありますか？」

場所を訪ねて走っていく。

そして、走りながら考える。ギルドに行って依頼をすればいいんだよね。

依頼ってどうすればいいの？

ギルドだと教えられた建物が見えた。

あそこだ！

飛び込もうとしたときに、中から出てきた人にぶつかってしまった。

「ごめんなさいっ」

鼻の頭が痛い。【回復】！　ぶつかった相手も何かしら痛めていたらいけないと慌てて呪文を唱えて頭を下げる。

それからギルドの建物中へ行こうとしたら、腕を掴まれた。

ぶつかったことは謝ったけれど、謝っただけでは許してもらえないのだろうか。

王宮神殿で聖女たちに言われた言葉を思い出す。

「謝れば許してもらえると思っているわけ？」

いくらでも罰は受けるよ。むち打ちされても回復できるから平気だから。少し打たれたときに痛いけれど……。

でも、今は、無理です。後でいくらでも罰は受けるのでっ。

腕を振り払おうとしても、とても強い力で掴まれていて振り払うことができない。

「見つけた！」

私の腕を取っている人の声に顔を上げる。

「ミオ、やっと見つけた」

「ハ、ハーグさん？」

私の腕を掴んでいたのは、ハーグさんだった。

ハーグさんは私の顔を見てすぐに腰を落として私と視線を合わせた。

「どうした、何があった？　なんで泣いてるんだ？」

泣いてる？

私、泣いてるの？

王宮神殿にいるときにはどんなに辛くても泣いたことなかったのに。出てからの私はどうして涙もろいの？

「ギルドになんの用だ？」

あ、そうだ。時間がない。

「ホルン爺さんを助けてほしくて、依頼をしようと」

ハーグさんが首をかしげた。

「ホルン爺さんって、あのゴミ屋敷の、頭がおかしいって言われてる爺さんだろう？　どうしてミオが助けようっていうんだ？」

頭がおかしい？

違う。違う。

「ホルン爺さんはおかしくないよ。おかしいのは助けてくれない街の人たちだよ、ホルン爺さんは優しい人で……」

ダメ、ハーグさんを責めたって仕方がないのに。言葉が止められない。

「すまん、世間ではそう言われているというだけの話だ。で、どんな依頼を出すつもりなんだ？」

ハーグさんが私の頭にポンと手を置いて謝ってくれた。

「ゴミの山が崩れて下敷きに……なっちゃって、ゴミをどかして助けてって……」

ハーグさんがチッと舌打ちする。

「あんなに積み上げてりゃそういうこともあるよな。ミオが巻き込まれなくて良かった」

ハーグさんが私を小脇に抱えてすごいスピードで走り出す。

あれ、これ、二回目？　ハーグさんに抱えられるの二回目。いや、三回目？

どこへ連れていかれるのかと思っていたら、すぐに屋敷に着いた。

「どこだ？　ホルン爺さんはどこでつぶれてる？」

助けてくれるの？

「あっちの奥です」

剣の柄で行き先を指し示すと、ハーグさんがすぐにそちらに向かって走っていく。

「ホルン爺さんっ、頼むよ、ミオが今助けを呼びに行ってるから、だから、死ぬな」

たんっと地面を蹴ると、ハーグさんがガラクタの山を飛び越えてラズの後ろに降りた。

私を下ろすと、すぐに上に積まれている大きなガラクタを一つどかす。

「頑張ったな、どいてろ」

ハーグさんがラズの頭を撫でた。

ラズは涙でぐちゃぐちゃになった顔を私に向けた。

「もう、ダメかもしれない……いくら助け出しても……」

ラズが弱気な言葉を口にする。

ひゅっと息を飲み込む。もしかして、もう亡くなっているの？　ダメ。あきらめない。

【回復】

手の先がピクリと動いた。

「大丈夫だよ、死んでないよ」

ラズがぶんぶんと首を横に振った。

「でも、神殿に行っても……何か月も待つなんて……」

「大丈夫だよっ」

私が治すから！　と言おうとして内緒にすると決めたことを思い出す。

ううん、そんなこと言ってる場合じゃないよ。もし、知られて、それで悪い人に狙われるようなことがあっても、私は今ホルン爺さんを助ける。そのことを絶対後悔したりしない。

「よし、これで最後だ」

いつの間にかハーグさんがホルン爺さんを押しつぶしていたガラクタをすべてどかしていた。

「こりゃひでぇな。ポーションでもどこまで戻るか……」

そうか、冒険者はポーションで治すんだ。

「って、ポーションの手持ちがねぇっ、すぐに買ってくる！」

怪我の様子を確認していたハーグさんが立ち上がるのと同時に、ポケットの中から二色に分かれた液体の入った瓶を取り出す。

「ポーションか？」

違う。ホルン爺さんをだまそうとして二層に分かれた色水と色油……だ。もしかしたら体に毒かもしれない。

でも、たとえ毒だったとしても。私が治す。

瓶の蓋を開け、ホルン爺さんの口に当てる。

飲んでも飲まなくても関係ない。

良くなって。治って。ホルン爺さん……【回復】。

心の底から回復を願い回復魔法をホルン爺さんに施す。

するると、みるみるとホルン爺さんの顔色は良くなりつぶれた足がもとに戻った。流れた血だけは戻らないけれど、それでもそれ以外はもとどおりだ。

「は？　なんだ、こんなすげーポーションなんて……初めて見たぞ？　何本も傷に振りかけて、何本も飲んで三日はかかるような傷だろう？」

え？

嘘。ポーションって、回復魔法のように飲んだらすぐに治るんじゃないの？

「あ、ああ、助かったのか……」

ホルン爺さんが意識を取り戻して上半身を起こした。背中をハーグさんが支えてくれている。

「どうして、助かったんじゃ……？」

ホルン爺さんが血で染まった自分の手を見つめて首をかしげた。

「ラズが見つけてくれたの。ラズがいたから助かったの」

「いや、違うだろ、ミオが助けを呼んできてくれたから助かったんだ」

「ハーグさんが助けてくれたからよ」

「いや、ミオがポーションを飲ませたからだろう？　そのすげーやつ……まるでエリクサーのような……」

エリクサー？　そういえばアーティファクトにそう呼ばれるものがあるとか。

「もしかして、エリクサーだったら、回復魔法のようにすぐに治るんですか？」

これはそのエリクサーだということでごまかせるかな？

「あはは、そうか。皆でワシを助けてくれたんじゃな。ありがとう。礼をせねばならぬな。よいこらせっと」

ホルン爺さんが立ち上がりふらついた。

支えようととっさに手を伸ばすと、私の手とラズの手とハーグさんの手が当たった。

「ほら、怪我は治ってもたくさん血を流したんだ。暫《しばら》く肉を食って休むのは常識だ。礼なんて気にするな」

ホルン爺さんが、ははと笑う。

「いや、命の恩人への礼を欠くわけには……何か欲しい物はないかの？」

ハーグさんは腰に手を当てた。

「礼をしたいというのなら、もうちょっとこのゴミの山を片付けろ。今回は自業自得ですんだが、もしこの子たちが下敷きになって死んでたらどうするつもりだ！」

ハーグさんがちょっと怒った声でホルン爺さんに言う。

「そうじゃな……」

ホルン爺さんが私とラズの顔を見た。

「確かに、そうじゃ……アーテファクトを探すのはワシの夢じゃ。だが、夢よりも大切なものがあることを忘れるところじゃった」

「そうだぞ！　ホルン爺さん、命のほうが大事だぞ！　死ななくて……良かった」

ラズが感極まってまた泣いた。

ホルン爺さんがラズの頭を撫でた。

「ワシのために涙を流してくれる人がおるんじゃ。アーティファクトよりも……大切な命じゃ……」

ラズがハッと顔を上げる。

「ありがとうな、ラズ。それから、ミオ」

ホルン爺さんが私の頭も撫でてくれた。

ポロポロと涙が落ちる。

「おい、ミオの髪が血まみれになるだろう！　やめろ！」

ハーグさんがホルン爺さんの手を掴んだ。

「大丈夫だよ、ハーグさん。『ルン盤』があるんだもん」

ハーグさんが首をかしげる。

「ルン盤？」

「そう、すぐに綺麗になるの！　すごいのよ！」

ハーグさんもルン盤を見たらきっと驚くだろうなと想像したら涙が止まった。

「というわけじゃ。おいぼれの腕をいつまで掴んでおるつもりじゃ。離してもらおうかのハーグ」

手を一旦離したハーグさんが、今度はホルン爺さんの腕を掴んで袖をまくり上げた。

「これ……まさか……」

ホルン爺さんの腕には、蛇のような模様があった。

「賢者……の蛇じゃないよな……。世界最強の魔法使い。四属性の魔法を使いこなし、そのうち二つ

は上級。残り二つは上級を超える威力を持つという……賢者と呼ばれし伝説の冒険者。三十年ほど前に忽然《こつぜん》と姿を消した、賢者ホールーン」

ホルン爺さんはぱぱっと慌てて袖を戻して蛇の模様を隠し、それからくるりと背を向けた。

「血をたくさん流したから喉が渇いたの。お前たちも何か飲むか？」

よぼよぼと急に老けたような足取りでさらに奥へと進んでいく。

「なぁ、賢者ホールーン様なんだろう？」

ホルン爺さんの肩をハーグさんが掴んだ。

「人違いじゃろうて。ワシはホルンじゃ。頭のおかしいゴミ屋敷の主、ホルンじゃ」

ハーグさんがさらに食い下がった。

「だが、その蛇の印は」

「賢者ホールーンはその能力を失い冒険者を辞めたんじゃろ。魔法を使うための魔法回路が体の中でどこか切れたのが原因じゃと言われとる。魔法の使えなくなった賢者など、ただのじじぃじゃろ」

ハーグさんがホルン爺さんの肩を掴んでいた手を下ろし、立ち止まった。

「……そう、だな。元S級冒険者で今はB級冒険者の俺が何を言ってるんだろう。S級冒険者だったハーグだろうなんて……言われたって嬉しくないもんな……」

ハーグさんは何かをつぶやくと、ぐっとこぶしを握り締めた。

「人違いだったみたいだ。ホルン爺さんは、ゴミ屋敷の主だったな」

ホルン爺さんが振り返った。

「ゴミじゃないわいっ！」

「いや、自分で頭のおかしいゴミ屋敷の主って言ったじゃないか」

「誰が頭がおかしいんじゃ！」

「だから、自分で」

ホルン爺さんとハーグさんがワイワイと話をしながら奥へと歩いていく。

「元気になって良かった……」

ラズがホルン爺さんの後ろ姿を見てほっと息を吐き出す。

「うん」

「ありがとうなミオ。ミオがいたから助かった」

首を横に振る。

「ラズもいたから助かったんだよ？」

「あ、ああ。ハーグさんだっけ。よくゴミ屋敷に来てくれたな……って、何を持ってるんだ、それ？」

ラズが私の手を指さした。

「あ、そうだ！」

慌てて二人の後を追う。

「あのハーグさん、ギルドにホルン爺さんを助けてと依頼を出そうと思って、その……これ……あ、でもこれ屋敷にあったやつだからホルン爺さんので……えっと、返します。ごめんなさい、勝手に！」

ホルン爺さんが私の手から剣の柄を受け取った。

「ワシを助けようとこれを持って行ったのか？　それをとがめたりしないよ。ここに埋まっている石は魔石じゃないな。宝石か。なら、アーティファクト……古代の魔法道具じゃないだろうな。ワシの研究では、魔法道具には石といえば魔石を使うからの。ミオにやろう」

「あ、え？　その……」

「また後でちゃんと礼はするが、その一つじゃ。遠慮することはない」

貰っちゃった。いいの？　なんかピカピカして高そうだけど。

……って、どちらにしてもアーティファクト以外は分別して売ったり持って行ったりできるんだから一緒なのかな？

「ハーグさん、これ、あの、貰ってください。お金がないので依頼料にこの宝石とかを売ってお金を払うつもりだったので」

ハーグさんに差し出すと、ははは と笑った。

「いや、依頼を受けたつもりはないぞ？　俺はミオにお礼がしたくて捜していたんだから。ミオの助けになったなら良かった」

ホルン爺さんが笑いだした。

「あはは、なんだか知らんがの。ワシは三人にお礼がしたいし、ミオはワシら三人にお礼がしたいんじゃろ？　ラズもそうじゃ。そのうえハーグもミオにお礼がしたいのか。なんじゃかおかしな関係じゃのぉ」

「本当だ！　ホルン爺さんの言うとおりだ！」

「まぁとにかくお茶にしよう、命を助けてもらったんじゃ。いくらお互いお礼をしあうと言っても、ワシが一番大きな借りがあるからの。お茶を飲みながらお礼の内容を考えさせてくれぬか」

奥へ行くと、ガラクタの山のない部屋があった。

大きなテーブルの上にはたくさんの紙が散らばっている。

いっぱい文字が書かれているけれど何が書いてあるのかは分からない。

「こっちじゃ」

その隣の部屋はキッチンのようだ。

散らかっているけれど、ゴミ屋敷と呼ばれるようなひどい状態ではなく、汚い部屋という表現で落ち着くレベルだ。

「さて、ミオとラズはまずはこれじゃ」

『ルン盤』を手渡された。

「はい、じゃあ、ラズから先にどうぞ」

と、ラズの頭の上にのせる。ホルン爺さんが血の付いた手で撫でたせいで汚れてしまった頭がすぐに綺麗になった。

「じゃあ、次はミオな」

ラズが私の頭の上にルン盤をのせた。

ちょっとくすぐったいけれど、

「え？」

ルン盤をどかせば、汚れた髪が綺麗になる。自分では見えないけれど、ハーグさんが驚いて私の頭の匂いを嗅いだので……って、どうして嗅ぐの？

「綺麗になってる。血の匂いもしない。どういうことだ？　それ、なんだ？」

「アーチファアートって言うんだ」

ラズが胸を張った。

「ラズ、アーティファクトだよ」

「そうそう、アーチファクト」

ハーグさんが首をかしげながら、ルン盤を手に取った。

「アーチファクト……？　この金属の円盤が？　どうしてこれで汚れが落ちたんだ？」

ああ。ハーグさん、アーチファクトじゃなくて、アーティファクトです。もう一度訂正したほうがいいのか、話を続けたほうがいいのかわからず口をつぐむ。

「ったく、ミオ以外の口はポンコツじゃのぉ。アーティファクトじゃ。古代の魔法道具。今は失われた技術によって作られている道具じゃ」

そう言いながら、ホルン爺さんは大きなポットを持ってきた。

四人分のお茶を入れるには大きすぎる、子供用の丸太の椅子くらいありそうなポットだ。金属製で、注ぎ口は短くてごつい形をしている。

「ホルン爺さん、手伝いますっ！」

ホルン爺さんが笑った。

「まぁ、まずは見ておれ」

ポットの蓋を開けると、中身は空だ。

水瓶から四人分の水をホルン爺さんは入れた。

「水？　ポットを火にかけるのか？　……いや、俺が沸かせばいいのか。これくらいの水を沸騰させるにはどれくらいの火魔法にすれば……」

ホルン爺さんがハーグさんを制する。

「お前さんは火属性魔法が使えるのか。じゃったらこの『火ファール』もありがたみは感じぬかもしれんが」

ホルン爺さんの言葉に、ラズが首を傾げた。

「火ハール？」

「『火ファール』じゃ。ワシが見つけたアーティファクトのうちの一つ」

「アーチファクトの一つのティハール……？」

ラズ、悪化してます。

「蓋をして、暫く待つ。その間にコップを準備……おっと、暫く使ってなかったから汚れておるな。客がこの屋敷に来るなんて初めてのことじゃからの……」

食器棚に置かれたカップを手に、ホルン爺さんが眉を下げた。

「はいっ！　私が洗います！　洗い物得意なんです！　やらせてください。あ、ついでに全部汚れてるの洗っていいですか？」

洗い場には使ったままになっている食器も積まれていた。

「いや、今は客人なんじゃ、気を遣わんでええ」

「でも……」

何もせずにお茶をごちそうになるなんて初めての体験で落ち着かない。

「そうだ、びっくりしてた。女将さんが風呂も食器も信じられないくらい綺麗になってたって。喜んでたよ」

喜んでもらえたんだ。嬉しい。

「ホルンもびっくりするぞ？　なぁ？」

ハーグさんは私が落ち着かないというのを察してくれたのか味方してくれた。

「水は俺がくんできてやる。井戸はあっちか？」

ハーグさんが水くみをしてくれるらしい。私は、使うためのカップと洗い場に積みあがった食器を水がめからくんだ水で洗い始める。

もちろん【浄化】【回復】と、呪文を唱えながら。

ハーグさんが水瓶に水を満たすころには、三十個くらいの食器は洗い終わった。

「うわー、すげーな。ミオが洗うとすげー綺麗になるな」

ハーグさんに褒められてうれしくなる。王宮神殿では、どれだけ食器洗いをしても誰かに褒められたことなんてなかったから。

ハーグさんが使うために洗ったカップを運んでくれる。

「ほら、見てみろホルン、綺麗だろう？　すげーだろ？」

ハーグさんが自慢げにカップをテーブルに並べた。

「むむ、こりゃすごい」

ホルン爺さんがカップを見て目を丸くしたのをハーグさんが満足げに眺める。

「じゃが、こいつも見ておどろくぞ」

ホルン爺さんが火ファールの蓋を取ると、湯気がもわっと出てきた。

「お湯？　火魔法を使ったのか？」

ハーグさんがホルン爺さんとラズを見た。

「いや、おいらもホルン爺さんもなんにもしてないぞ？」

「ふはは。そうじゃ。これこそアーティファクト。水を入れて蓋をして待てばお湯が沸くんじゃ」

すごい。

お湯が沸くアーティファクト。

これがあればお風呂のお湯を用意するのも簡単？　ううん、流石にいくら大きなポットといっても、せいぜい十人分のお茶のお湯が沸かせる程度だ。お風呂のお湯を用意するのは難しいかな。

でも……。アーティファクトでお湯を沸かせるものがあるっていうのがわかっただけでも進歩だよね。

本当にお風呂屋さんをするためのものもあるかもしれない。

「古代の魔道具ってお湯を沸かせるだけなのか？」

ハーグさんが拍子抜けしたような顔をしている。

「……なんじゃ。その反応は。まさかわかっておらぬのか？　火魔法が使える者にとって、お湯を沸かすことなど造作もないかもしれぬがな、魔法が使えない者にとっては大変なことなんじゃよ？」

ホルン爺さんの言葉にうんと頷く。

「火をおこして薪《まき》をくべてお湯を沸かすのは大変なことなので、飲みたいときにお茶を突然飲むことはできないんです。ずっと火をおこしておくわけにはいかないので……」

私の言葉にラズが笑った。

「まぁ、そもそも家なしじゃぁお湯を沸かす設備もないどころか食器も持ってねぇけどな」

ハーグさんがああと頷いた。

「そうか、火魔法が使えない者でも、いつでも簡単にお湯を沸かせるというのは、すごいことなのか」

「そうじゃぞ。そうじゃのぉ、もし、このポットが水魔法の使えない者でも水が出てくるポットだったとしたらどう思うかの？」

ハーグさんが即答する。

「水場の心配をせずに旅行ができるな！　ちょっと大きくて持ち運びが大変だが、水魔法使いなしでダンジョンで何日も過ごすことも可能に……って、すげーな。魔法が使えない者が、魔法みたいなことができるってすごいじゃないか！」

ハーグさんが古代魔法道具の『火ファール』のすごさを実感したようだ。

「そうじゃ。古代魔法道具は、伝説の剣やエリクサーのように派手さはないんじゃが役立つ道具がたくさんあるんじゃ。ダンジョンで見つかる道具ではなく、アーティファクトは人が作り出した物……。古代の者たちが作り出した、失われた技術……ワシはその技術の研究をしておるんじゃ」

ハーグさんがお茶の葉を雑に火ファールに入れてからカップにお茶を注いだ。

ハーブの香りが立ちのぼる。

あれ？

「この部屋、臭くないような……？」

ハーブの匂いがわかるのはどうしてだろう？　悪臭に慣れてしまって臭く感じなくなっているというのならわかるけれど、きつい臭いに囲まれていたらハーブの匂いもまぎれてわからなさそうなのに。

「それはな、これのおかげなんじゃ。『鑑定眼鏡』『ルン盤』『火イター』『火ファール』に続いて、ワシが見つけた五つ目のアーティファクトじゃ」

ホルン爺さんが部屋の隅に置かれた、人が一人入りそうなくらいの大きさの金属の箱を叩いた。

「謎を解くのに六年かかったんじゃわい。なんせ、虫食い部分は少なかったが、説明が訳がわからなくてな」

ホルン爺さんは、レンズが一つしかない鑑定眼鏡をかける。

「えーっとな、イオンを発生させて……マイナスイオンが……プラスイオンと……レナード現象でと、訳のわからない説明が続くんじゃ。この道具の謎を解明できたのは、ルン盤を発見してからじゃ。モンスターを利用する道具かもしれぬと気が付いての。いろいろ試したんじゃ」

ホルン爺さんが箱の蓋を開けた。

「この道具の名前は『プラズマモンスター』と言うんじゃ」

「は？　道具なのにモンスターって名前ってどういうことだ？」

ハーグさんがモンスターという言葉に興味を持ったのか、ホルン爺さんの横に立ち、箱……『プラズマモンスター』の中を覗き込んだ。

「なんだ、カエルスライムが……何匹入ってるんだ！」

カエルスライム？

「え？　見せて」

ラズが近づく。

「不用意に覗くな！　カエルスライムは吹き矢のように水を吐き攻撃してくる。皮膚に刺さっても命に係わるような傷を負うことはまずないが、目に刺されば失明しちまうぞ」

ハーグさんが慌ててラズがプラズマモンスターの箱を覗き込もうとしたのを制止する。

「うむ。そうじゃの。子供の視線は低いからの。気をつけねばならん。まぁ、そういうことじゃ」

ホルン爺さんが小さな魔石をぽんっと箱に放り込んでから蓋を閉めた。

「なんで魔石を？」

「餌じゃよ。カエルスライムは魔石から放出される魔素があれば死ぬことはない」

ハーグさんがはぁ？　と、プラズマモンスターの蓋を開けて中を覗き込んだ。

「おうちっ」

プシュッと水の針の攻撃を受けたようで、頬から血が球のように浮かんだ。

「何をしとるんじゃ……。自分で目を攻撃されたら危ないと言ったんじゃろうが……」

ホルン爺さんが呆れた声を出す。

「いや、餌だとか言うからだろう。カエルスライムを飼ってるなら、姿を見て楽しんでるのか？　と思うじゃないか」

ホルン爺さんがやれやれという顔をして、テーブルに戻った。

「飼っているわけじゃない。プラズマモンスターを動かすために必要なんじゃよ。アーティファクトには魔石で動くものと、モンスターを利用するものがあるんじゃ。まぁ、モンスターといっても五歳の子でも倒せるような弱いもんばかりじゃがな。ルン盤は悪食スライム。そしてプラズマモンスターはカエルスライムじゃ」

「なぁ、ホルン爺さん、ルン盤はわかる。なんでも食べるスライムを利用して汚れを食べてもらって綺麗にするんだろ？　でも、カエルスライムを使うとどうして臭くなくなるんだ？」

ラズの質問に、ホルン爺さんは首を横に振った。

「わからん。レナード現象がどうのでイオンがなんちゃらじゃ。ただはっきりしておるのは、スライムでは効果が出ない。火ウサギも角ネズミも、他のモンスターでも駄目じゃ」

ハーグさんが、ハッとしてホルン爺さんの両肩を掴んでゆさゆさ揺さぶった。

「もしかしたら、水じゃねぇのか？　水を出すモンスターだから、空気が浄化されてるとか、ほら、聖水みたいな力が……」

ハーグさんがホルン爺さんから手を離して、プラズマモンスターの蓋を再び開けた。

「このアーチファクトは、カエルスライムから、聖水を作り出す魔法道具、だとしたらものすごい価値……痛、痛、痛っ」

カエルスライムから攻撃を受けて、慌ててハーグさんが蓋を閉めた。

……まるでそばかすのように顔のあちこちから血がにじんでいる。

「目、目は大丈夫ですかっ？」

慌ててハーグさんの顔を覗き込む。

「ん、ああ大丈夫だ」

ほっと息を吐き出す。良かった。

「全く、ほれ、お茶が冷めてしまうじゃろう」

やれやれとホルン爺さんが座った。

「聖水はできぬ。それに浄化魔法の類ではないことも実験でわかっておる。ただ、空気が綺麗になるだけじゃ」

ハーグさんはお茶をごくごくと勢いよく飲んでから首をかしげた。

「空気を綺麗にするだけの道具？　なんでそんなもんを古代の人間は作ったんだ？」

ハーグさんの言葉に、ラズが口を開いた。

「わかった！　きっとゴミだらけの場所で生活してたんだよ！」

「古代の人間はホルンみたいなゴミ屋敷で皆暮らしてたっていうのか？」

二人にホルン爺さんが拳骨《げんこつ》を落とした。

「ゴミじゃないわい。アーティファクトを見つけるための大事な品々じゃよ」

ハーグさんが疑わしい目をホルン爺さんに向けた。

「なんじゃその目は」

「あの、古代の人は、ゴミ屋敷どころか、皆貴族のように暮らしていたんじゃないかな？」

思い付いたことが思わず口から出てしまった。

「どういうことじゃ？」

「えっと、ルン盤があれば、掃除をする下働きの人がいなくても部屋が綺麗になります。火ファールがあれば、やっぱり下働きの人がいなくてもいつでも温かい飲み物が飲めます。プラズマモンスターは部屋の空気を綺麗にする……それって、カビ臭い部屋で生活しなくてもいいってことですよね？火イターも家に戻ればすぐに暖炉に火がつけられるし……」

ラズが自嘲気味に笑う。

「家なしには役に立たないな」

ラズの言葉にハッとする。

どんなに便利な道具があっても、その道具を使えない人もいる……。誰もが貴族のような生活なんて現実的ではないんだ……。

「道具を動かすのにスライムが必要ってなら、スライム捕獲依頼がたくさん出されてただろうし。そうなれば、子供の働く場も増えるさ。貴族のような生活はできなくとも、誰でもお腹いっぱい食べられる生活ができるんじゃないか？」

ハーグさんの言葉にホルン爺さんがうんと頷いた。

「そうじゃな。聖水が作れるわけではない、強い武器でもない、アーティファクトが、逆に人の暮らしを豊かにするんじゃな……むしろ、すごいことなんじゃなかろうかのぉ」

「はい、すごいです。私も、お風呂のアーティファクトを見つけたいですっ！」

ハーグさんが、んっ？　と首をかしげた。

「なんだミオ、風呂に入りたいのか？　だったら、俺が湯を沸かしてやるから、いつでも言ってくれ。ホルン、この家に風呂はあるか？」

ハーグさんが立ち上がって胸を叩いた。

「風呂？　あるぞ。使ってないけどな」

「あるのに使ってないの？」

あんなに気持ちがいいのに。使わないの？　もったいない。

「水を運んでお湯を沸かすのもワシには重労働じゃからな。こいつでお湯を沸かしてたらいにくんだ水と混ぜて体を拭けば十分じゃ」

火ファールをぽんっとホルン爺さんが叩いた。

「ははっ、水なら俺が運んでやるよ。こう見えても力持ちだからな。あとは火魔法ですぐに風呂の準備ができる。で、ホルン、風呂はどっちだ？」

ホルン爺さんが、無言で指をさした。キッチンの奥の扉を出た向こうにあるらしい。

井戸から水を運ぶこと前提なら、水が必要な設備は近くにあるのも当然か。

「よし、すぐだ。待ってろ」

ハーグさんが水を運ぶための桶《おけ》を持って井戸に向かった。

お風呂に入れるの？

「ラズ、お風呂だって。あの、ホルン爺さん、お風呂使わせてもらっていいの？」

ホルン爺さんが頭をかいた。

その瞬間、ハーグさんの悲鳴が聞こえてきた。

「ぎゃぁーーっ！」

え？　何？

怪我でもしたの？　だったら、すぐに治してあげないと！　と腰を浮かせると、頭から桶をひっかぶり、びしょ濡れになったハーグさんがキッチンに飛び込んできた。

「どうしたんだ？」

ラズの言葉に、ハーグさんはホルン爺さんに詰め寄った。

「あれが本当に風呂か？　ダンジョンの毒沼のほうがまだましなくらいだぞ！　汚すぎるだろうっ！

あの湯舟の中に溜まっているぼこぼこと謎の気体を吐き出している物質はなんだ？　床には謎のぬめぬめした植物が生えてて、足を取られて転んだじゃないか。壁にも天井にもみっちりと黒ずんだ何かが……時々動いているものも目に入ったが、あれは虫か？　まさかあの黒ずみ全部が虫ってことは……あー、あーーーっ！」

　ホルン爺さんが笑った。

「そんなことになってたんじゃな。三年は閉め切っておったからの……」

「もしかして、汚れているの？　掃除が必要？」

　ワクワクして尋ねると、ハーグさんが頭にかぶっていた桶をとんっと床に下ろして私の頭を撫でた。

「ミオは掃除が得意だったな。だが、あれはダメだ。あそこは……入ったら死ぬかもしれない」

　入ったら死ぬくらい汚い？　それとも毒が発生しているとか？

「だ、大丈夫ですっ！」

　毒が発生していても、虫に噛まれても、【浄化】して【回復】すれば。死んだりしませんっ。

「なぁ、これ、これで綺麗になるんじゃないか？」

　ラズがルン盤を手にした。

「だ、ダメじゃ！　これは濡れたら動かなくなるんじゃっ！」

　ホルン爺さんがルン盤をラズの手から取り返した。

「濡れたら動かなくなるって、中に入っているスライムが死んじゃうの？」

　素朴な疑問を口にすると、ホルン爺さんが首を横に振った。

「いや。死にはせんがの。悪食スライムは水が嫌いなんじゃよ」

　ホルン爺さんの言葉に、ラズが首をかしげた。

「変なの！　スライム自身が水っぽいのに！」

ホルン爺さんが笑った。

「確かにそうじゃなぁ。じゃが、ほれ、ワシらも水にずっと手を付けているとしわしわになるじゃろ？　悪食スライムは、あっという間に水に触れるとしわしわになるんじゃ」

手と同じ？　じゃあ、時間が経てばもとに戻るのね。

「あー、じめっとした水っぽさがなくなればそいつが使えるんだな。じゃ、火魔法で水分飛ばしてくる。害虫駆除もできる。あとでやっておくよ」

ハーグさんがプルプルと頭を振ると、髪の毛から水しぶきが飛ぶ。

「騒がしいことじゃ。そういえば、ミオはその風呂のアーティファクトが欲しいと言っておったが、そんなに風呂が好きなのか？」

ホルン爺さんの言葉に首を横に振る。

「好きじゃないのか？」

また首を横に振る。

「わ、私、風呂にはまだ二度しか入ってなくて、あの、すごく気持ちがよくて、好きになったんですけど、風呂のアーティファクトが欲しいと思ったのは違って……」

ラズが上手く伝えられない私に代わってホルン爺さんに説明してくれた。

「ミオはさ、おいらとか、他の……汚いっていう理由で鼻つまみ者にされている家なしを風呂に入れてやりたいって言うんだ。綺麗になれば、街の人たちの扱い方も変わるだろ？　店で買い物もできるようになる……」

ラズがニカッと笑った。

ハーグさんが私の顔をじっと見た。ぽつりぽつりと、ハーグさんの髪から水滴が落ちること三つ。

「すげーな、ミオは……」

たっぷり時間をかけてから口を開いた。

「ううん、違うの。本当にすごいのはラズだよ。ラズはね、自分もお腹いっぱい食べられないのに、私にパンをくれた。それから、冒険者になってお金を稼いで孤児とか困ってる人にお腹いっぱい食べさせたいって」

ぽたぽたと、再びしずくが床に落ちる。

いや、今度床を染めたのはハーグさんの涙だ。

「う、う」

ハーグさんの両目から涙が落ちてる。

「偉いな。そうか、冒険者になってお金を稼いで……困ってる人を助けたいのか……俺は……冒険者になって何がしたかったんだろうな……」

ごしごしと、袖で乱暴に目元をこすってからハーグさんが笑った。それから私とラズの頭を乱暴にぐりぐりと撫でまわす。

「俺も手伝うぞ。冒険者としてそこそこ稼げるから」

ハーグさんの言葉に、ラズが辛そうな顔をして、それから走って部屋を出て行ってしまった。

「ラズっ！」

どうしたんだろう。お金があればたくさんの人を救えるようになるのに。ハーグさんが協力してくれればすぐに……。

ホルン爺さんが小さく息を吐き出して首を横に振った。

「ハーグ、夢の横取りをするもんじゃない」

夢の横取り？

「あ……」

ラズが黒い石を見せて話をしてくれたことを思い出す。

将来の夢を持てと言われ、ラズは自分のような家なしがお腹をすかせないように、稼いでパンをあげたいという夢を持ったって。

もし、今ハーグさんからお金をもらってパンを買って配れるようになったとしたら、ラズの夢はどうなるの？

部屋を飛び出す。

「ラズ、ラズ、どこにいるの？」

屋敷を飛び出して行ってしまったのだろうか？

私はラズがいつも街のどこにいるのか知らない。もし、これきり会えなくなってしまったらどうしよう……。

カランと物が落ちる音がした。

でいた。

音のしたほうに向かうと、ゴミ……じゃない、ガラクタの山の陰にラズが膝を抱えてしゃがみこんでいた。

「ラズ？」

「ラズ……」

ラズは膝に顔をうずめている。

近づいて隣に腰かける。

何を言えばいいのかわからずに黙って座っていたら、ラズが小さな声でぽつぽつと話しだした。

「おいら、最低だ。ハーグさんが手伝ってくれるって言って、嫌だって……思っちまった。おいらが金を稼げるようになるのなんて……いつになるかわからないのに……今、飢えてる人がいるってのに……そういう人たちが助かるっていうのに…おいら……」

ラズの背中に手を置いて、ぽんぽんと優しく叩く。

ラズの反対側に、ハーグさんが来て座った。

「俺のほうこそ最低だ。もう一度S級冒険者になりたいと、大金をどぶに捨てちまった……もう自分はおしまいだと荒れて……」

いつの間にか、ホルン爺さんもやってきて、ラズの前にしゃがんで頭に手を置いた。

「ワシも似たようなもんじゃ。魔法が使えなくなって、人生が終わったと思ったんじゃ。アーティファクトを見つけるためなんて言っておったが……。ゴミ屋敷に引きこもっていたのは、逃げていたんじゃ……」

ラズが顔を上げた。

「なぁ、ラズ。冒険者になって稼げるようになりたいんだろ？　だったら、どうだろう。俺のもとで冒険者見習いとして修業しないか？」

ラズの表情が不安と期待に満ちていく。

「おいら、でもまだ十四歳になってないから冒険者登録できないんだ……」

「ん？　あれ？　見習いも登録が必要だったっけか？」

ハーグさんがホルン爺さんを見た。

「なんじゃ。そんなことも知らぬのか。全く。見習いはF級からD級までの依頼なら、冒険者と一緒であれば登録なしでも活動できたはずじゃ。ダンジョンにも入れるぞ。登録前の兄弟を連れて行ったり、荷物持ちとして冒険者じゃない者を連れて行っているのを見たことはないか？　C級以上は危険が大きくなるから、いくら冒険者と一緒でも登録していない者は帯同できぬがの」

ホルン爺さんの言葉に、ハーグさんがラズの顔を見た。

「ってことだ。まだ冒険者登録できなくても問題ない。俺のところで修業するのが嫌じゃなかったら、どうだ？　荷運びの依頼料として依頼料の何割かも渡すぞ。それでパンを買えばいい」

「いいのか？　おいら……おいらみたいな孤児を見習いにしてくれるのか？」

うん、とハーグさんは大きく頷いてから、あっと声を上げた。

「ちょっと待て、ホルン、F級とE級とD級の依頼ならラズを連れていけるんだよな？　冒険者って、自分の級の上下一つ違いまでの依頼が受けられるから、B級の俺が受けられる依頼はA級とB級とC

級で……」

あ。ってことは、無理ですね。

ハーグさんが慌てて立ち上がった。

「ちょっと、ギルドに行って、冒険者のランクを下げてもらえないか交渉してくるっ！」

は？

立ち上がったハーグさんはものすごいスピードで走り出した。

「何を、依頼以外にも修業させることはあるじゃろうっ！　剣の稽古だとか……と、全く。本当に騒々しい奴じゃ……」

ホルン爺さんが大きくため息をつく。

「そうじゃの、ワシも、隠遁《いんとん》は終わりにするかの……。アーティファクトを見つける以外に目標もできたことじゃ」

ホルン爺さんが私の頭を撫でた。

「実はの、見つけたアーティファクトには、同じような模様が描いてあったんじゃよ」

そういえば、ルン盤の表面や、プラズマモンスターの蓋には同じように円と三角と文字のようなものが組み合わさった繊細な模様が描かれていた。

「『火イター』と『火ファール』には、模様に共通する部分があったんじゃ。ワシが思うに、あれは火に関する記述じゃないかと思っておる。『ルン盤』と『プラズマモンスター』にも一部同じ模様があった。あっちはスライムを意味する記述だと仮定するとじゃな」

え？

「模様は、魔法陣と呼ばれるものじゃないかと推測しておるんじゃ。アーティファクト……古代の魔法道具は、道具に魔法陣を刻み、魔力を原動力にして動いておるのではないかと……」

ホルン爺さんが、ポケットから鑑定眼鏡を取り出して見せてくれた。

小指くらいの太さの眼鏡のつるに、小さな模様が描かれている。

「こんなに小さくどうやって描くんだ？」

いつの間にか落ち込みから復活したラズも興味深そうに鑑定眼鏡のつるを見ている。

「それがの、こっちが本体みたいなんじゃ。柄に書かれておるのは実行させるためなんじゃないかとの」

ホルン爺さんが眼鏡のつるの先を引っ張ると、ぽこっと蓋のように外れ、中から丸めた小さな紙を広げた。今にも崩れ落ちそうな状態の紙だ。

ポロポロと崩れてしまわないように少しだけ回復しておく。

「この状態でかけてみても、何も文字は浮かんでこないんじゃ」

そう言って、ホルン爺さんは私の顔に眼鏡を持っていき、ルン盤を目の前に差し出した。

確かに何も文字は浮かばない。

「そこで、これじゃ」

ホルン爺さんがポケットから紙を取り出した。眼鏡のつるに入っていた今にも崩れ落ちそうなボロボロな紙とは違う、真新しい紙だ。

向けられた面には、眼鏡のつるに入っていた紙と同じ模様が描かれていた。

くるくると小さく丸めて眼鏡のつるに入れて再び渡された。

「あ、見える……けれど、あれ？」

文字が見えるけれど、前に鑑定眼鏡で見せてもらったものと表示が違う。小さな文字がない。

「何度書き写しても、何かが足りないんじゃろうな。かすれて見えなくなっている部分もあるからのぉ……。それがやっとじゃ」

ホルン爺さんが新しい紙を引き抜き、崩れ落ちそうな古い紙を丸めてつるに入れた。

「すげー、もしかしてホルン爺さん、アーチファートが作れるってことか？」

「書き写しただけじゃ。それにこっちだけじゃ。肝心の道具がどうにもならん」

ホルン爺さんはポケットから真新しい眼鏡を取り出してつるのふたを開けて新しい紙を丸めて入れ、それを手渡された。

かけてみると、何も文字が浮かばない。

ラズに手渡すと、掛けずにつるを見た。

「なぁ、つるに書いた魔法陣が間違ってるってことだよな？　ホルン爺さん、本物貸してくれよ」

「何度も見比べてみたぞい？　老眼で見えないと疑っておるんじゃなかろうな」

ボロボロの本物の鑑定眼鏡を手渡しながら、ホルン爺さんが目をこすった。

「ん？　なんじゃ……今日は随分はっきり目が見えるぞ？　まぁ、はっきり見えても見えんもんは見えんがな」

もしかして老眼って回復魔法で良くなるのかな？　でも怪我でも病気でもないから無理だよね？　目の疲れが取れただけかな？

そうだ。いくら回復してるっていっても、血をたくさん流したのだから。ホルン爺さんには休んでもらわないと。

ラズが受け取った鑑定眼鏡のつるを顔に近づけてみる。

「あー、書いてあるのが欠けて見えないところがあるのか、残念っ！　魔法陣さえ書き写すことができたら、ホルン爺さんにも鑑定眼鏡が作れるってことだろう？」

「すごい、それってすごいことですよね？　アーティファクトが作れるなんて！」

ホルン爺さんが、ふっと笑った。

「そうじゃの、もしアーティファクトを作ることができれば、ワシは賢者と呼ばれるかもしれぬなぁ」

あれ？　ハーグさんが、すでにホルン爺さんのことを賢者って言ってませんでした？

「……しかし、なかなか先は長そうじゃ。どれもこれも古すぎて、魔法陣に読み取れぬ部分があってのぉ。動いておるということは見えないけれど残ってはおるんじゃろう。今までは、新しいアーティファクトを探すことと、それを動かすことばかりに力を注いでいたが、これからは、動かないアーティファクトも併せて魔法陣の解読を進めるつもりじゃ」

ホルン爺さんが私の頭を撫でる。

「新しい楽しみじゃ。魔法陣を読み解いて、新しい道具を作り出すんじゃ……。風呂の道具をな」

ホルン爺さんの言葉に目を見開く。

「風呂の道具？」

「そうじゃ。ミオの夢にワシも乗っからせてもらってええかの？」

「はいっ。あの、私も魔法陣を読み解くっていうホルン爺さんの夢のお手伝いをさせてくださいっ！」

何をどう手伝えばいいんだろう。

魔法陣の解読どころか、読み書きすらできないというのに……。

「……手伝うと言っても、私にできることは……ないかもしれませんが……」

しゅんと落ち込むと、ホルン爺さんが笑った。

「隠遁はやめじゃと言ったじゃろ。ゴミ屋敷の奥に隠れ住むのは終わりじゃ。ミオは掃除が得意じゃろ？　屋敷の掃除を手伝ってくれんかの」

「はいっ！」

「まずは増やさんことじゃな。道具を売りに来た者の対応を頼んでええかの？　今までは魔法陣のことは秘密にしておったが、ミオとラズは信用して話をしたんじゃ。持ち込まれた道具に魔法陣が刻まれているかどうかチェックして買い取るようにしてくれんかの」

ラズがうんと頷いた。

「わかった。この鑑定眼鏡みたいに小さな魔法陣やつるの中に入ってたやつのように隠れた場所にあることもあるんだろ？　しっかりチェックするよ」

うん。それは私にもできそうだ。

「あと、ダンジョンでアーティファクトも探して持ってくるよ！」

ホルン爺さんがラズの頭をぽんぽんとする。

「そうじゃな。いつか、ラズがすごい冒険者になって、とんでもないアーティファクトを持って帰ってきてくれるような気がするぞい」

ホルン爺さんの言葉に、ラズがちょっと照れたような表情を見せた。

「す、すごい冒険者にならないよ、ラズは！」

思わず大きな声で否定の言葉が出る。

ホルン爺さんが驚いた顔をして私を見た。

私の頭の中には、王宮神殿を訪れた元冒険者たちの姿が入れ代わり立ち代わり思い浮かぶ。

最近でこそ、まとめて回復魔法をかけて、一人一人の傷をじっくりと見ることはなくなったけれど、見習い聖女として働き始めたばかりのころは、一人ずつ時間をかけて魔法をかけるしかなかった。

体の一部を失っている元冒険者ばかりがやってきた。

怪我はすでにポーションで治っている。失った手足が戻ることはない。それでも神殿にやってくるのは痛むからだと言っていた。

古傷が痛み、耐え切れずにやってくるのだ。

そして……自分は助かっただけまだいいほうだと。仲間は命を落としてしまったと。

「なぜ、あそこで無理をしたのか。身の程を知らずに無謀な依頼を受けてしまったのか。傲慢だった」

痛みが引いて楽になっているはずなのに、回復魔法をかけた元冒険者たちは逆に顔を歪めていた。

「こんなにも俺は弱いのに。痛みにすら音を上げるというのに……どうして、俺は……勇者になれると思ったのだろう。どうして俺は、すぐにでもランクを上げられると思ったのだろう……どうして俺は……仲間を守ることもできなかったのに……」

後悔を口にする苦しそうな冒険者を思い出し、ぎゅっと胸が締めつけられる。

「ラズは、すごい冒険者を目指さなくてもいいんだよね？　だって、安全な依頼を受けるって……怪我したり……し、死んだり、しないように、危険なことはしないって……そう、だよね？　そう、言ったよね？」

ラズがうんと頷く。

「そうだよ。俺は、怪我したくないし、死にたくない。生きていくのに必要な金が手に入って、俺みたいな家なし親なしにパンを買ってやれて……そうだな、将来的には冒険者になりたいって親無しに冒険者のイロハを教えられるくらいになれたらいいなって思っている」

ホルン爺さんが大きな声を出して笑い出した。

「はっはっはっは。いやぁ、立派じゃの。立派じゃ。すでにラズはすごい冒険者の素質十分じゃよ。皆勘違いしがちじゃがの、すごい冒険者っていうのは何もランクが上の者のことじゃない。人に迷惑をかけない冒険者がすごいんじゃ。生きて戻ってくるのが一番すごいんじゃ」

ホルン爺さんは、ふっと笑うのをやめた。

「モンスターを倒す者……勇者がちやほやされる風潮はワシは苦手じゃ。生きて帰らせるために防御魔法を駆使したり、適切な場面でポーションの補給をしたりする者ももっと見直されるべきじゃと思っておる。そうじゃな、事前にモンスターを研究して必要な道具を揃える者や、戦況に応じて撤退の判断ができる者もすごい冒険者じゃろうな……それを実感したのは、魔法が使えなくなってからじゃったが……ワシも馬鹿な冒険者の一人じゃ」

ホルン爺さんが昔のことを思い出して顔をしかめている。

何があったのかはわからないけれど、辛いことがあったんだろう。

「湿っぽい話はおしまいじゃ！　そうじゃな、ミオ、まずは二階の掃除を頼んでもええかの？　こっちじゃ。ラズも来なさい」

ホルン爺さんについて二階へと上がる。二階にはガラクタは何も置いてないのか、少なくとも廊下には何もなかった。

一番手前の部屋の扉を開ける。

「ここが、ワシの部屋じゃ」

部屋の中は埃っぽいけれど、ガラクタが積みあがっていることはない。というか、大きな物はベッドと机しか置いてない簡素な部屋だ。立派なクローゼットやテーブルやソファも何もない。

もともとの屋敷の造りは豪奢なので不思議な感じがする。王宮神殿の聖女様たちの部屋が普通なわけじゃないいんだ。

「まずはここの掃除。それからこっち」

部屋を出て、すぐ隣のドアを開ける。

埃が激しく舞い上がった。

「げほごほ、すまんな、ずっと閉め切ったままじゃ。ここの部屋の掃除を頼む。細かいところはいいから、人が寝られるようにしてくれ。同じようにもう一つ、隣の部屋も頼む」

「人が寝られるようにって、客でも来るのか？」

ラズが首を傾げた。

「客に宿をとって泊まってもらったほうがいいんじゃないか？」

ラズの言葉に、確かにそうかもと頷く。

「宿なら、ハーグさんが泊まっているところがおすすめです」

というか、そこしか知らないのに、おすすめするのも違うと口にしてから思った。

「ははは、部屋が片付かなきゃそれもええじゃろう。しかし、客のための部屋じゃない」

客のためじゃない？

「こっちがラズ、あっちがミオの部屋じゃ」

ホルン爺さんの言葉に、ラズも私も何を言われているのか理解できずに黙ってしまった。

「お前たち、家なしじゃと言っておったじゃろ？　部屋も余っておるし、仕事を手伝ってもらうんじゃ」

埃が舞っている部屋の中は、何年も閉め切ってそのままにしていたためか、どこもかしこも薄汚れた感じがする。部屋の中にはボロボロになって外れかかっているカーテンや、変色しているシーツが見える。

「いや、もちろん使うも使わないも自由じゃぞ？　一日中働かせるためというわけでもないぞ？　まぁ、買い出しなどの雑用を頼むことは増えるかもしれんが……それでもええなら」

ラズと顔を見合わせる。

小さく頷くと、ホルン爺さんを見た。

「ありがとう、ホルン爺さんっ！」

「私、すぐに掃除します！」

「俺、バケツと雑巾持ってくる！」

「ふほほ。第二の人生も悪くないの。毎日が騒がしく、楽しい日々が待っていそうじゃ」

ホルン爺さんがほっほと笑って一階に下りていく。

ゴミ箱に捨てられたときはどうしようと思ったのに。

住む場所ができました。

ゴミ屋敷……いえ、宝の山のお屋敷です。

すぐにどこもかしこもピカピカに掃除します。

お屋敷全体に浄化魔法と回復魔法をかけたい衝動を必死に抑える。

もし、私が希少な光魔法の使い手だってばれたら……。王宮神殿からは追い出されたけれど、どこかの神殿には連れて行かれちゃうかもしれない。

ぶるると震える。

ホルン爺さんの部屋に一人残された私は、ぐっとこぶしを握り締めた。

「よし！　気合い入れて掃除します！　【浄化】」

部屋の空気を綺麗にするくらいではばれないだろう。

ボロボロのカーテンを開き、窓を開けるとふわりと、外から風が吹き込んできた。

悪臭が部屋に吹き込んできた。

うっ。

屋敷全体に全力で魔法をかけたい……。が、我慢ですっ！

◇ハーグ視点◇

依頼達成を報告する人でごった返しているギルドの片隅で、俺は必死に頭を下げる。

「そう、言わずに、頼むっ！」

「もうっ、無理なものは無理なんです！　無理って言ったら無理です！」

ギルドの受付嬢が涙目になっている。

「いや、でも、ほら、な？」

「何が、な？　なんですかっ！　冒険者ランクが、なっ？　の一言で変更できるなら誰も苦労しませんっ！」

あっれ？　おかしいな。

俺の予定では、もっとすんなり受け入れてもらえると思ったのにな。

「いや、だけど、何も上げてくれと言っているわけじゃなくて、BからCに降格させてほしいと言っているんだけど……」

流石に、実力も足りないのにランクを上げろなんて無謀な願いはギルドも叶えてくれないとわかっている。

だけど、落とすんだぞ？

「だーかーら、無理なんですってば！」

「なんで？　俺は、すでにS級からB級に降格してるわけだし、もう一つくらいサービスで落としてくれてもよくないか？」

自分で言っていて、笑いがこみあげてくる。

数日前までS級に戻りたくて仕方がなかった俺が。ランクを下げてくれとお願いするとは。

「どんなサービスですか！」

「えーっと、好きなランクまで降格させてくれるサービス？」

受付嬢がカウンターをバンバンと叩き始めた。

「そんなサービスはありませんっ。皆、必死に一つでもランクを上げようとしているのに、誰が好きで好んでランクを下げようとするんですか！」

人差し指を自分に向ける。

「ここにいるぞ」

何が気に障ったのか、受付嬢がさらに激しくカウンターを叩きだした。

バンバンバンバン！

「実力よりも低いランクの冒険者がいたら困るのわかりませんか？」

「え？　なんで？　本人が希望してるならよくないか？」

バンバンバンバン。

手が痛くないのかな？　大丈夫か？　後でポーション買って渡しておくかな？

「実力があるのに、低いランクの冒険者がいたら、ギルドの評価能力が疑われるじゃないですか！

もしかしたら、誰かに恨まれている人間からの差し金でランクを上げないようにしているかもしれないとか、そんな根も葉もない噂を立てられでもしたらどうするんですかっ！」

……なるほど。

「そうか……確かに、ギルドの不手際だと思われてはダメだよな……」

受付嬢がカウンターを叩く手が止まった。

「痛《いた》たたた！　なんだか急に傷が痛みだした。ああ、これじゃぁ、B級で活動するなんて無理だぁー、C級にしてくれぇ〜」

足を押さえて上目遣いで受付嬢の顔を見る。

これでどうだ。これだけ大きな声でギルドで古傷が痛むアピールすればいいだろう？

「ひっ」

思わず小さく息をのむ。

怖い。受付嬢の顔が怖い。

さっきまで涙目だったのに。無表情で冷たい目で俺を見ている。表情がないのが怖い。

「心の持ち方が変わって調子が良くなったって言っていたのは、どこの誰でしたっけ？」

「えーっと……、お、俺、かな？」

「ああ、良かった。私の勘違いではなかったんですね？　あれは、午前中にあっという間にC級の依頼をこなしてしまったハーグさんの言葉でしたよね？　A級のレッドホーンベアジェネラルまで討伐してしまったB級冒険者のハーグさんの言葉ですよね？」

「まさかレッドホーンベアジェネラルが混じっているとは思わなかったな。あまりにもすいすいと倒せちまったからなぁ」

足はよく動いてくれたし。まるで最盛期のころのように……いや、S級冒険者だったとき以上だったかもしれない。体の隅々の細胞までが力をつけたような……。

S級冒険者だった時には、知らないうちに気を張りすぎて体が動かなかったのかもしれない。

負けるわけにはいかない。強くならなければいけない。……と。

新しい境地だ。本当にミオには感謝しかない。

「そうですよっ、まさかなんですっ。そのまさかのせいで、私は始末書を何枚書くはめになったのか
……うう、ぐすっ」

お？

受付嬢の無表情が終わり、今度は泣きそうな顔になった。

……って、俺のせいか。俺が泣かせちまったのか？

「いや、すまん、その……なんかわからないが、えーっと……な？」

ダンッと、一段と激しく受付嬢がカウンターを叩いた。

「な？　じゃないんです！　とにかく、いくら頼まれてもランクを変更することはできませんっ！」

あまりの大きな声に、喧噪に包まれていたギルド内が一瞬にして静かになった。

そしてすぐに俺と受付嬢に視線が集まり、笑い声が聞こえだす。

「あはははは、なぁ、見ろよ、あれが元S級冒険者の哀れな姿だ」

「ランクを上げてくれってか？　気でも狂ったか」

「噂じゃ金貯めて神殿に行ったけど治らなかったらしいぞ？」

「それでやけになってんのか。ああはなりたくねぇな」

「なぁ、パーティーに声かけてやればいいんじゃね？　腐っても元S級だろ？」

「冗談じゃねぇよ。過去の栄光にしがみつくような落ち目なんか入れたくねぇ」

……まぁ、いろいろ言われてるが、まるっきり腹も立たないな。

「おーおー、かわいそうに。B級冒険者のハーグだっけ？」

冒険者たちがその声に道を譲る。

俺に向かって、空いた場所をブルドがゆっくりと歩いてきた。

「ブルド……、レッドドラゴンの討伐に向かったはずじゃ……？」

まさかもう討伐して戻ってきたってことはないよな。レッドドラゴンが生息している場所まで早くて三日だ。最短でも六日は依頼達成にかかるはずだ。

「向かったけどなぁ、すぐに戻ってきた。なぜかわかるか？」

向かう途中にもA級モンスターは出てくる。さすがにA級パーティーが三組、十二人もいれば、尻尾を巻いて帰ってくるようなことはないはずだが……。

「俺ら、強すぎて、道中でモンスターを倒しすぎちまうんだよ。せっかく倒した金になるモンスターだから、持って帰ってきたのさ。だが、何度も往復してたんじゃいつまで経ってもたどり着けないだろう？　だから、荷物持ちを雇うことにしたんだ」

なんだって？

まだ一日にもならない道中に出るモンスターを倒しまくった？

そんなことをしたら、近場での依頼が減ってしまうじゃないか。

ギルドで俺を馬鹿にしていた奴らにも生活がある。金を稼がなければならないし、それに……。上を目指しているならば少しでもたくさんモンスターを倒したいと思うはずだ。

無理をする者が出てこなければいいけれど。

それに、モンスターの生態系を崩してしまえば、今までのモンスター出没場所にまで影響が出てくる。安全だった場所が安全じゃなくなる可能性だって……。心配のしすぎか？

「なぁ、ハーグ、荷物持ちに雇ってやろうか？　落ちぶれたB級冒険者っても、荷運びくらいはできるだろう？」

頭を振る。

「いや、荷運びにはならない」

「あははは っ、そりゃ俺たちが活躍するのを指くわえて見てるのは嫌だろうよ」

ブルドが、ぐいっと顔を近づけてきた。

「荷運びを雇うのはよせ。襲ってこないモンスターまで狩るのはやめろ」

「はぁ？　聞こえねぇな」

ブルドが俺の胸倉《むなぐら》を掴んだ。

「最短で体力を温存してレッドドラゴンのところまで行けと言っている」

ギリギリと、ブルドが手に力を入れる。

「偉そうに指図するつもりか？　いつまでS級冒険者気取りなんだ！　生意気な！」

ふぅと小さく息を吐き出す。

「本格的に指図させてもらえるならな、まずは装備を強化しろ。持っていく食料は必要最低限にして空いたところに入るだけポーションを詰めていけ。救援ののろしはすぐに取り出せるところに入れろ。それから一人でも戦闘不能になれば引き返せ。自分の能力を過信するな」

「うるせーんだよっ！」

どんっと、激しく突き放された。

腰がカウンターに当たる。

「負け犬が、目障りなんだよっ！　さっさと冒険者をやめてゴミ拾いでもしてろっ！　地を這いつくばってみっともなく生きてくがいい！」

体が勝手に動いた。

ブルドの胸倉を今度は俺が掴んでいる。

「ゴミ拾いを馬鹿にするんじゃないっ！　街が綺麗なのは彼らのおかげだ。少しもみっともなくなんかないっ！」

ラズはゴミを分別して捨てに行く仕事をしていると言っていた。

誰かから何かを奪うこともせず働いている。親も住むところもなく、人を……世の中を恨んでも仕方がないような環境でも。ミオはラズに助けてもらったと。人を助ける優しい心を持っている。冒険者になってお金を稼いで自分のような境遇の子供にパンを食べさせたいと。

それの、どこがみっともないというのだ。

どこが、みっともないっていうんだ！

ギリギリと、ブルドを掴む腕に力が入る。

「ブルド、俺は負け犬じゃない！　ゴミ拾いをしている人間だって、負け犬なんかじゃない！」

ブルドの顔色が悪くなっている。

「は、離せっ」

ブルドの手が俺の手を掴んだ。

ブルドを見ていると、どうしようもなく胸が苦しくなる。

俺はどうだった？　俺は……S級冒険者になる前は、怪我をしてB級に落ちてからは……俺は……。

誰かを負け犬だとかみっともないとか思っていなかったか？　見下したりしていなかったか？　俺よりもよほど上等な心を持った人間を……俺は……。

くそっ！　確かに、口に出して誰かを馬鹿にするようなことはなかった。だが、心の中ではどうだ？　思ったことが一度もなかったとは言えないだろう。

「自分の思い通りにならないからと喚《わめ》き散らし、人に当たり、何もしないクズこそ負け犬だろう！　お前こそ、せいぜい負け犬にならないように気を付けることだなブルド！」

ブルドを掴んでいた手を離す。げほげほとブルドがせき込む。

偉そうなことは言えない。

……だが、俺は変わる。

「くっそ、馬鹿力がっ！　行くぞ！」

ブルドがメンバーに声をかける。

「ブルド、荷運びを雇うんじゃないのか？」

「やめだ。一日も早くレッドドラゴンを倒して戻る。ちまちま道中のモンスターを倒さなくてもS級になればいくらだって金は手に入るさ」

「ああ、なるほどな。そうだよな。そっちのほうがいいかもな。他のパーティーにも提案しよう」

「一日も早くS級に……。そうだ、俺はS級冒険者になるんだ……」

……しまった。焚きつけるようなことになってしまったか？

だが、結果として、体力を温存してレッドドラゴンのところへと向かうのなら問題ないか。

……A級まで上がったのだ。才能がないわけじゃない。討伐は失敗しても、無事に帰ってくるといい。

ブルド、焦るな。怪我をすれば俺の二の舞になることもあるんだぞ。

ブルドたちが行ってしまってから、カウンターに向き直る。

「ハーグさん、まだ何か？」

「さっきは無理を言って悪かった。……その、C級になる方法があれば教えてもらえるか？」

あ、受付嬢からまた表情が消えた。

「……あー、だよなぁ。どうすっかな、困った」

思わず頭を抱えると、受付嬢も表情をいつもの調子に戻した。

「なぜ、C級冒険者になりたいんですか？」

「俺、B級だろ？　そうすると、D級の依頼を受けられないじゃないか」

「……なぜ、D級の依頼が受けたいんですか？」

「冒険者登録してない奴と一緒に行動を共にできるのは、F級からD級の依頼だけだって話で間違ってないだろ？」

受付嬢が首をかしげた。

「まさか、冒険者登録もしていない者と一緒に依頼を受けたいんですか？」

ハーグが首をかしげる。

「んー、依頼を受けたいというか、冒険者として鍛えてやりたい」

受付嬢がハッとした表情になる。

「S級冒険者に返り咲くことをあきらめたハーグさん、もしかして、自分の夢を誰かに託そうっていうんですか？　元S級冒険者が才能ある若者を育てる……！」

興奮気味に受付嬢がこぶしを握り締めて早口でまくし立てる。

「いや、待ってくれ。俺は、自分の夢を誰かに託すようなことはしない」

むしろ、ラズの夢を横取りしてしまうところだったくらいだ。

それに、ラズに才能があるかどうかは知らないし、ラズ自身もS級冒険者を目指すつもりではない。

「じゃあ、えーっと、純粋に弟子にしてくれ！　っていう若者の力になろうっていうんですか？」

うーん、ラズは俺の弟子というわけでもない。見習いとして指導はするけど……どちらかといえば頼み込まれたわけじゃなくて、俺から声をかけたのだし。

「元S級冒険者から指導を受けられるなんて、皆喜びますよ。どれくらいの若者を指導するつもりですか？　ギルドで指導しませんか？　ギルド長も、活躍した元冒険者をギルドの指導教官として迎えたいというのは前から言っていて」

何を言っているんだ？

「悪いが、まだ引退するつもりじゃないぞ？　引退しなくちゃいけないほど力量が衰えて見えるなら、C級に……いや、いっそF級に落としてくれ！」

「は？」

「だから、引退間近に見えるような使えない冒険者だって思うんなら、F級にしてくれ！　そうすればF級の依頼を受けることができるだろ？　初歩の初歩からいろいろ教えてやれる！　な？」

受付嬢が再びカウンターをバンバンバンと叩きだした。

「な？　じゃないんです！　A級モンスターをちょいちょいと倒しちゃう冒険者がF級とかありえないんです！」

……しまったな。いくつか依頼を失敗すればランクが落ちるだろうか……？

受付嬢の顔から表情が消えた。ぶるるっ。

「いま、わざと依頼を失敗してランクを落とそうとか考えましたね？」

「なんでわかった？」

え？　嘘だろう？

受付嬢の怖い無表情がさらに怖いものに変わった。あれ以上に怖い顔ができるとか、嘘だろう！

表情はないままなのに……あ、そうだ。眼球すら動かないから怖いんだ。

「そんなこと、す、するわけないじゃないか。ちょっと思っただけで……」

受付嬢が疑いのまなざしを向ける。あ、ちょっと表情が戻った。怖かったよ。

「もし、俺が始末し損ねたモンスターが誰かに害を及ぼすようなことがあったら、大問題だ。手負いのモンスターの恐ろしさは通常のモンスターの何倍にもなる。倒すさ。倒せるものなら必死に倒す。倒せないとわかれば、深手を負わす前に逃げる。逃げるのは、何も自分の命を守るためだけじゃない。不用意にモンスターの攻撃性を高めないためでもあるんだ……」

受付嬢が、はぁーと息を吐き出した。

「そうですよね。自分の能力を示そうと無理してモンスターに突っ込み、深手を負わせるも倒しきれなくて助けを求めるような愚かな……自分の能力もモンスターの強さも推し量れないような人間がS級冒険者になれるわけないですもんね……」

受付嬢の気持ちが落ち着いた？

「その、ちゃんとわきまえている冒険者が、自分のランクが気に入らないとごちゃごちゃ言うわけないですよねぇ？」

うっ。

「どうした？　何かもめごとか？」

「あ、ギルド長、聞いてくださいよ。ハーグさん、C級冒険者に降格させてくれって言うんです。なんならF級でもいいって」

ギルド長は俺が冒険者になりたてのころにA級冒険者として活躍していた人物だ。慣れないギルドで新人冒険者をからかう奴らから助けてもらったこともある。……頭の上がらない人間の一人だ。

「まさか、どうせ俺なんてって自暴自棄になってる……わけじゃなさそうだな、その目は。じゃあ、どうした。体に不調を感じてるのか？」

「いや。見習いと一緒に依頼を受けたい。そのためにはB級じゃ無理だからだ」

ギルド長が腕を組んで、ふむと頷いた。

「冒険者登録するまで待てばいいだろ？　それまでは別のパーティーで修業すればいい。どこか紹介してやろうか？」

ギルド長が紹介してくれるパーティーなら、ラズを不当に扱うようなことはないだろう。

だた……。わがままな感情に支配される。

「俺が、面倒をみてやりたい……」

思わず本音を漏らすと、ギルド長が俺の背中をバシバシと叩いた。

「あはは、あのガキンチョが、いっちょ前に人の面倒を見たいだと。成長したな。ああ、成長した」

成長？　すでに数年前には身長の伸びは止まっているが？

受付嬢がギルド長に口を突き出して文句を言う。

「成長？　どこがです。『な？』ってわがまま言うような人ですよ？」

ギルド長が、はははと笑う。

「自分のことしか面倒を見られなかった男が、人の面倒をみたいって言い出したんだ。とんでもない成長だぞ？」

さらにギルド長が俺の背中をバシバシと叩く。

ん？　この叩くリズム……。受付嬢がカウンターをバンバンと叩くリズムとそっくりだ……。などとどうでもいいことを考えていると、ギルド長の手が止まった。

「お前を降格させるわけにはいかないが、依頼を受ける方法がないわけではない」

「マジか？　どうすりゃいい？」

ギルド長が、トントンと一枚の紙を取り出す。

「パーティーを組むことだ。B級のお前と、F級の人間が組めば、パーティーのランクは間をとって

D級パーティーとなる。そうすれば、E級の依頼もD級の依頼も受けることができる」

紙はパーティー届だ。

メンバーの名前を書いてギルドに提出するものだ。抜けるときには書いた名前にバツ印が付けられる。

……パーティーを追放されたときに、目の前で俺の名前に大きなバツ印を付けられたことを思い出し、強く両目を瞑る。

あの瞬間の苦しみ。

ギルドに口頭で伝えれば、職員が名前の上にバツ印を書いてくれる。それなのに、わざわざメンバー全員が集まって、俺の前でリーダーがバツ印を付けたんだ。

「お前はもう、いらない」

「そうよ。使えないものね」

「俺たちはS級パーティーだから、B級は足手まといどころかゴミだ」

「さ、よ、う、な、ら！」

リーダーが付けたバツ印の上に、他のメンバーが順に印をなぞって書き加えた。

バツが重ねられるたびに、俺という人間を否定されていくようだった。もう、そんな思いはしたくないと……。

あれから誰かとパーティーを組もうと思わなかった。

ずっとソロで冒険者を続けていくつもりだったのに……。

「F級冒険者を探さないとな……じゃあ、メンバー募集の張り紙を」

用紙をくれと手を出したら、ギルド長が俺の手を握った。

「いでででっ」

思い切り握られた。

「お前は、あほか。今はB級とはいえ、元S級冒険者がメンバーを募集してみろ。どういう人間が集まると思う？」

「どういうって、F級を募集するんだから、新人？」

ギルド長は、はぁーと、大きくため息をついた。

「お前の目的はD級パーティーになって見習いと依頼を受けることだろう？　だったら、長くD級パーティーでいたい。そのためには」

「あ！　そうか！」

F級冒険者にはずっとF級でいてもらいたい。

だが、格上の冒険者とパーティーを組もうという人間は上昇志向が高い者たちだ。早くランクを上げたい、高ランクのパーティーに入りたい……と。D級パーティーだからと、俺の望み通りE級やD級の依頼を受けてもらえるわけがないよな。

むしろC級の依頼を受けるために B級の俺と組みたいと考えている可能性のほうが高い。

「気が付いたか。F級から上がりたいという向上心のある者もそうだが、向上心のない者もパーティーランクが上がってD級になればC級の依頼を受けたがるぞ。生活がかかっているからな。F級の依頼では生活はいつまでもかつかつだ」

「あー、うん。そうだな……となると……」

ギルド長が頭をかいた。

「冒険者登録はしてあるが、本業が別にある者に頼むのも手だが……。F級の依頼を頻繁に出してる者に、いっそ自分で薬草を取りにいかないかと声をかけてみるとかかな。F級冒険者になれば今ならB級冒険者とパーティーが組めて安全に薬草を取りに行けるとなれば誰かいるだろう」

「ああ、なるほど。冒険者の活動が主軸じゃない者に頼むのか……」

ギルド長が俺の頭をガシガシワシャワシャと乱暴に撫でまわした。

「まぁ、F級常連依頼主の何人かに声をかけといてやる。ハーグはせいぜい、パーティーリーダーの心得でも学んどくんだな」

「え？　俺が、リーダー？」

「当たり前だろ、お前がメンバーを募集するんだ。ほれ、これはサービスしてやる」

ギルド長が三枚の紙を俺に渡し、奥に引っ込んでいった。

紙にはパーティー運営に関して、パーティーリーダーの心得、パーティー内ルールの設定とタイトルが書かれている。

分け前のことやパーティーの備蓄金のことなどいろいろ……。細かい文字で裏表びっちり書かれている。

うわー。大変だな、こりゃ。

いや、でもラズを冒険者見習いとして連れていくためだ。

……三枚の紙には裏表びっちり細かい字で……うっ。

「……なぁ、パーティーリーダーを募集するというのは？」

バンバンバンバンバン。受付嬢が机を再び叩きだしたため、慌ててギルドを後にする。

◇王宮神殿　男爵令嬢の聖女視点◇

男爵令嬢の私は礼拝堂で一人ずつ順に癒やしを行っていた。

何人回復魔法をかけたのか。

あと、何人いるのか……。

一日に礼拝堂を訪れるのは三百人だ。一回に百人。入れ替えて三度。

先ほどから汗が止まらない。

礼拝堂には、まだたくさんの人がいる。

百人の半分の人間も癒せていない……。だけれど、もう無理そうだ。

ふらりと体が傾ぐ。

顔を押さえて、大きく息を吐き出した。

連日、他の聖女たちからここの仕事を押し付けられている。聖女は私のほかに九人もいるのに。

個別の楽な仕事しか皆はしていない。

いくら三百人いたって十人で癒やせば、一人三十人癒やせば終わるというのに。

誰も、手伝ってくれやしない。

「今日は……ここまで……」

立ち上がる力も残っているか怪しい状態で、小さな声を出す。

「待ってください！　やっと順番が回ってきたのに！　お願いです、子供を治してくださいっ！　このままじゃ明日までもつかわからないんですっ！」

強い力で腕を掴まれた。

「離して……もう、魔力も残っていないので無理です……」

本当だ。魔力切れで今にも意識を失いそうだ。

「嘘つけよ、もったいぶりやがって」

別の男が顔色の悪い女性を支えて怒声を上げる。

「三か月待ってやっと回ってきた順番だ！　早く治してくれよ」

嘘じゃない。

どうして、こんなにふらふらな状態なのに、嘘をついていると言われなくちゃいけないの？

「まだ百人も癒やしてないだろう！　前に来たときはあっという間に百人なんて治してくれたじゃないか！」

「そうだ、私も聞いたわ。順番が回ってきさえすればあっという間に治してもらえるって。それなのに、三日前に順番が回ってきたはずなのに、今日まで引き延ばされた挙句に、ここに来てからも何時間も待たされて」

「そのうえできないだと？　ふざけんな！」

ヒートアップした庶民たちが怒りに任せて罵声を私に浴びせる。

ふざけんなですって？

私がこんなに苦しんでまで癒やしてあげてるのに。

私は聖女よ？　騎士様や貴族の方々を癒やしていたのよ？

こんなの、聖女の仕事じゃないわ。聖女見習いにでもやらせればいいのよ。

なんで、私が……。

「お前が無理なら別の聖女を連れて来いよ！」

「そうだ！　聖女を出せ！　他にもいるんだろう！」

薄汚い人間たちが今にも何かを投げつけんばかりに興奮している。

こんな奴らの言うことなど聞くつもりなどない。だけど、この言葉には賛成だ。

「別の聖女を呼んできてください」

私ばかりこんな目に遭うなんて納得できない。

毎日毎日、私に礼拝堂の仕事を押し付けやがったあいつら。

あいつらも同じように苦しめばいいんだ。

礼拝堂に立つ王宮神殿の神官の一人に声をかける。

「えっと、それは……その……」

神官は、聖女の言葉に動くに動けなかった。

聖女の仕事の割り振りに口を出す立場に神官はない。

聖女のほとんどは貴族令嬢で、高位貴族の娘もいる。

神官は貴族籍を抜けた者たちだ。どちらの立場が上かといえば、当然聖女だ。希少な回復魔法の使い手でもある。

さらに、現在は皇太子の婚約者である公爵令嬢が聖女のまとめ役となっている。

礼拝堂に別の聖女を派遣してくれなど、どんな不興を買うかわからない。

そんなの知るか。

「私は……もうこれ以上は癒やしの力はありません。そして、私はこの者に他の聖女を呼ぶように頼みました」

私の腕を掴んでいる女に伝えると、怒りの矛先が神官に向かった。

「早く他の聖女を呼んできなさいよっ！」

「そうだそうだ！　さっさと行けよ！」

「だいたいなんでこんな使えない聖女をよこすんだよ。もっとすごい聖女がいるだろう！　一番すごい聖女を呼んで来いよ！」

「早く行けよ！」

集まった人たちが今にも神官に殴り掛かりそうなくらい怒っている。

恨みがましい目で、神官が私を見た。

勝手にすればいいわ。

呼びに行かずにこいつらに殴られようと、呼びに行って貴族の不興を買おうと。

どちらも、私のせいじゃない。

誰のせいかっていえば……。

ミオだ。聖女見習いのミオ。あの子のせいだ。

あの子がいれば私はこんな目に遭わなかった。あの子がすべて悪いんだ。

神官は、収まるどころか礼拝堂の怒りがますます膨れ上がっていくのを見て震えあがり、聖女を呼びに行くことにしたようだ。

誰が呼ばれてくるのか。

どうせ、私の次に位が低い子爵令嬢だろう。

は。ざまぁみろだ。皆と一緒に私をいいようにこき使いやがって。たかが子爵のくせして。

同じ目に遭えばいい。魔力が枯れるまで。

そうだ。手紙を書こう。いつも私のところに来てくれた禿《はげ》じじぃに。いやらしく手を握ってくる気に入らない男だったけれど伯爵だ。

この生活から抜け出せるならスケベじじぃだって構うものか。

伯爵夫人になれば、今いる聖女の中で三番目の地位だ。伯爵令嬢より伯爵夫人が上となる。

子をなすまではまだ聖女としての務めはあるけれど。王宮神殿から出て通いで数時間働けばよくなる。それに、個室利用者を相手にすればいい。そして、禿じじぃよりもいい男を捕まえればいいんだ。

自分の天才的な計画にニヤニヤが止まらないが、表情を引き締め泣いているふりをする。

「私の力が及ばないばかりに、皆さまにご迷惑をおかけして……今、私よりも優秀な聖女が参りますので……私の能力が足りずに……」

哀れな様子を見せて同情を誘う。

「そうだ、なんでお前みたいな無能がやってるんだよ」

「前までいた子を出せよ！」

「そうだ、もったいぶりやがって、能力が足りないのなんか昨日までわかってるだろう。さっさと交代しろよ役立たずが！」

は？

なんで私がそんなことを言われなくちゃいけないの？

「偉そうに神官に呼んで来いって言うけどなぁ、お前が行けばいいだろう！」

「そうだそうだ！　私じゃ無理ですお願いしますって泣いて頭下げて来いよ！」

うるさいっ。うるさいっ。うるさいっ。

私は無能なんかじゃない。

聖女よ？　見習い聖女なんかに劣るわけないじゃない！

私は一人ずつ丁寧に癒やしてるのよ！

どうせあの子は痛みだけとって治したふりをしていただけだわ！　痛くなくなれば治った気になる

もの！

そうじゃなきゃ、一日に三百人なんて治せるわけないのよっ！

治ったつもりでまた痛みだした人が来るから、いつまでたっても礼拝堂に来る人が減らないんじゃないの？

本当に腹の立つ子。

聖女見習いだったくせに。その見習いさえクビになったくせに。庶民のくせに。今度会ったらただじゃおかない。

ギリギリと奥歯をかみしめて礼拝堂を後にした。

「ラズ、掃除はあきらめよう」

浄化と回復魔法を最小限に抑えながら部屋の掃除をするのは、思ったよりも困難だ。

長年使われていない部屋の汚さは、毎日掃除して汚れた一日分の汚れとは比較にならないほど頑固。

天井の埃を落として、壁の汚れを拭き取って、床をはいて……と、それだけでも相当な時間がかかる。そのうえ汚れたシーツやカーテンを取り外して洗ったり、布団を干したり、家具を磨いたりとしていたら絶対無理だ。

「え？　どういうことだ？　掃除せずに使うってこと？　別に俺は構わないけど」

ううんと首を横に振る。

「二部屋掃除するのはあきらめて、まずはこっちの部屋を綺麗にしようと思うの。ラズは、部屋を二人で使うのは嫌かな？」

ラズが首を横に振った。

「ううん、全然平気だ！　だって、部屋の中で寝られるだけで嬉しくて仕方がない」

良かった。私もだ。

階段下の小さな物置部屋よりもゴミ箱のほうが快適だった。だけどゴミ箱だ。

こんな広い、ちゃんとした部屋で寝られるなんて夢みたいだ。

「そうと決まれば、ラズは壁とか床磨きを続けてもらっていい？　私は、ゴミ……じゃないガラクタの中から使える物がないか探してくる。カーテンも破れてるし……布があれば縫い合わせるよ。あと、椅子と机も。直したら使えそうなものないか探してくる」

　こっそり回復魔法を使う。それくらいならきっと大丈夫だよね。

「わかった」

　部屋を出てホルン爺さんのところに向かった。

「ホルン爺さん、鑑定眼鏡を貸してください。あの、部屋で使える物を探したいんです。えーっと、文字は読めないですけど、アーティファクトじゃなければ文字は特に出ないんですよね？」

「ああ、使うといい。ただな、アーティファクト以外にも文字は出たりもするがの。逆にアーティファクトなら必ず文字が出るかどうかはまだわからないんじゃ。結局最終的な見分け方は魔法陣のような模様があるかどうかじゃ」

　あ、そうだった、魔法陣が大事なんだよね。

「文字が見えてもアーティファクトとは限らないから、魔法陣があるかないか確かめればいいんですね」

「そうじゃな。アーティファクトを見つけたら持ってきてくれ」

　うんと頷き、鑑定眼鏡をかけて屋敷の外へ。積みあがったガラクタが崩れてくるといけないから、小さな山をあさる。

　欠けたカップ。

「【回復】」

穴があいた桶。

「【回復】」

残念ながら穴に当たる部分は、ここには存在しなかったようだ。これは薪にするかな？

ボロボロの布。

朽ちて臭いもすごい。

「【浄化】【回復】」

魔法をかけると、綺麗な布になった。落ちた色も戻り、濃い赤色。形からするとマントだろうか。

真ん中あたりが焼けて穴があいている。

「……火魔法でも失敗したのかな？」

いや、マントだとすると、背中から火魔法で攻撃された？

使ってた人は大丈夫なのかな……。流石に縁起でもない？

ブルブルと頭を振る。もったいないんだから使おう。

あとで針と糸をホルン爺さんに借りて、あいた穴の部分に何か布を当てればいい。

「危ない」

またガラスの破片が散らばっている。

「【回復】」

ポーションの瓶のようなものができあがった。

「また、上下二色に分かれてる……」

空き瓶に何か入れたやつ？

「え？」

文字が浮かんでる。

た、大変だ。これ、ポーションの空き瓶に色付きの水や油を入れたものじゃないよ。アーティファクトだ！

瓶の底に、魔法陣みたいな模様もある！

「ホ、ホ、ホルン爺さんっ！」

瓶を持って慌ててホルン爺さんのもとに急ぐ。

「どうしたんじゃ？　ん？　それは、もしかしてワシの飲んだ……エリクサーか？」

ホルン爺さんが私の手に持っている瓶を見て動きを止めた。

「わ、わからないです」

実際はホルン爺さんを治したのは私の魔法だし。でも、もしかすると私が魔法をかけなくても、本当にエリクサーだったりする可能性が……！

「でも、何か文字が見えるんです、見てください！」

ホルン爺さんに鑑定眼鏡を手渡す。

「どれどれ。……ん？　魔法瓶……か」

「魔法瓶？　エリクサーじゃないんですか？」

「うーん、説明部分が欠けているが……何々。魔法……効果……長時間保つ……。発動直前……魔力……」

ホルン爺さんが眼鏡をはずして、魔法瓶という名前のポーションの瓶みたいなものを手に取った。目の前に持っていき、瓶を振る。

二色に分かれた液体が揺れる。

「うーん、説明を補って考えると、発動直前の魔法を瓶の中に入れて保っていることになるが……。もしかしたら、ミオがワシに飲ませてくれたものは、治癒魔法が込められていたのかもしれんな。まだ瓶は持っているか？」

ポケットに入れっぱなしになっていた瓶を取り出す。

「はいどうぞ」

ホルン爺さんは鑑定眼鏡を再びかけて瓶を見た。

「やはりじゃ。こいつも魔法瓶じゃな。……何色の液体が入っていたか覚えておるか？」

二色に分かれていたことは覚えているけれど、色までは覚えていない。

首を横に振ると、そうかと残念そうにつぶやく。

「もしかしたら魔法の種類に色があるかもしれんと思ったんじゃが。うーむ、どうやって実験すればいいのか……こっちのを開封してしまうと効果が薄れてしまっては元も子もないからなぁ。ワシは魔法が使えなくなってしまったし……」

ホルン爺さんが首をかしげた。

「うん、でも待てよ？　ワシは魔力は持っておる。魔力から魔法を発動する回路がおかしくなって魔法が使えなくなったと考えられるのだから、魔力を込めることはできるんじゃないのか？」

ホルン爺さんが、魔法瓶を両手で包むと集中し始めた。

「水魔法。そうじゃな、竜水演舞《りゅうすいえんぶ》なんて見ごたえがあるじゃろう。魔法を発動する直前までイメージして瓶に魔力を込める……」

ホルン爺さんの手の中の瓶に、綺麗な水色の液体が現れた。

「ホルン爺さん、綺麗」

「ほ？　これは、ワシの魔力が魔法瓶の中に入ったということかの？　……で、これはどうするんじゃ？　飲むのか？」

「飲むの？」

回復魔法なら飲んでも大丈夫だろうけど、攻撃魔法って飲んでも大丈夫なんだろうか？　ホルン爺さんの竜水演舞という魔法が攻撃するものかどうかはわからないけれど。

「うーん、よし、ワシが飲んでみよう。ワシの魔力なら大丈夫じゃろ」

「ま、待って、ホルン爺さんっ！　私が飲むよ」

私なら、何か問題があってもすぐに自分に回復魔法をかければ問題ないし。

「駄目じゃ。万が一があったら困るじゃろ。人の魔力を体に入れるとどうなるかもわからんのじゃ」

「だ、大丈夫です。少しだけ、少しだけならきっと。わからないなら実験しないとっ」

「いやいや、ワシは大人じゃから、大丈夫なんじゃ！」

「大人とか関係ないですっ！　ホルン爺さんにだって何があるかわからないのに。お腹の中で攻撃魔法が発動しちゃったら大変ですっ」

「そんな大変なことをなおさらさせるわけにはいかんじゃろ！」

瓶を掴んで引っ張り合っていたら、瓶がつるんと飛んでった。

ころりんと、床に転がり、中の液体が飛び出てきたその瞬間。

ぶわっと、水の柱が立ち上がった。

私の身長を超える水の柱は、見る間に形を変え、竜の姿になる。そして、翼を広げて羽ばたくと、水の粒がキラキラと光りながら周りに飛び散った。

「す、すごい……え、これが、もしかして竜水演舞？　すごく綺麗っ。ああ、ラズにも見せたいっ！　呼んでくるっ！」

終わらないうちにと思ったら、ホルン爺さんに止められた。

あっと思っている間に、魔法は終わってしまった。

「すぐにラズにも見せてやろう……。いや。せっかくじゃ。明日まで魔法が保存されるのかどうか試そうかの」

ホルン爺さんは、落ちた魔法瓶を拾うと、再び魔力を込め始めた。

「せっかくじゃ。どれくらい大きな魔法が使えるのか、さっきの倍、いや、何倍も大きな竜水演舞を見せてやろう」

ホルン爺さんが嬉しそうに瓶に集中している。

「あ、さっきよりも、色が濃くなっている」

先ほどは薄い水色だったけれど、薄い水色が濃い水色になり、水色が青くなり光さえも通さないくらい濃くなったところでホルン爺さんが瓶に蓋をした。

光も通さない青い液体に満たされた瓶をホルン爺さんが振った。

「なるほどな。魔力の量を増やすと液体が増えるんじゃなくて、濃度が濃くなるのか。こりゃぁいい。色を見れば魔法の強さもわかるんじゃな」

うんうんと楽しそうに頷いているホルン爺さんが、突然大声を上げた。

「しまったぁ～！」

「あ、あの、どうしたんですか？」

「明日までもつかなんて実験よりも先に、他の属性の魔法の時の色だとか、そもそも、それみたいに二色に分かれているのは二つの属性の魔力を封じ込めているのかとか、ほかにも実験することがたくさんあったのに！　水を出すや火をつけるといった魔法じゃなく、方向性を持たせた火球や水槍なんかは液体を外に出してどう使えばいいかとか……あああ、おおおお」

ホルン爺さんが頭を抱えてうずくまってしまった。

「えーっと、長い間魔法の効果が残っているかどうかは、こっちの未開封の瓶でわかるとか？　色も二色に分かれているので、使ってみたら何かわかるかも？」

と、ついホルン爺さんを励まそうと口にしてからハッとする。

二色に分かれていたもの、ホルン爺さんに前に飲ませてしまったけど。

もし、火属性魔法や土属性魔法の強力な魔法だったら、飲んだホルン爺さんの体内で魔法が発動していたの？

別にホルン爺さんの喉が焼けたとか岩が詰まったとかなかったから、効果がなかったってことなんじゃないのかな？

……回復魔法では、魔法までは回復できないのか、それとももときが経って効果がなくなった状態で瓶が割れたとか。その割れる前の状態にまでしか回復できなかったから、効果がなかったとか。

「あ、でもほ、ほら、ホルン爺さんに、ポーションだと思って飲ませちゃったけど……その」

「ああ、ポーションではなかったということだが、回復効果があったということはエリクサーでもなく……もしかして回復魔法が魔法瓶に閉じ込められていたということじゃろうな。……エリクサーと勘違いするほどの強力な回復魔法が。ワシは運が良かったんじゃろう」

ん？

ああそうか。何も魔法は攻撃魔法だけじゃないんだ。

「うーん、もし、太古の昔に込められた回復魔法の効果がまだ残っていたのじゃとすると……魔法瓶はすごいの。それにじゃ……」

ホルン爺さんが先ほど自分で魔力を込めた魔法瓶をまぶしそうに目を細めて見た。

「魔力回路が壊れてしまって、もう二度と魔法は使えないと思っていたというのに……魔法瓶の中に一度入れることで間接的にじゃが再び魔法が使えるようになったんじゃ……」

ホルン爺さんが嬉しそうな顔で私を見た。

「ミオが発見してくれたおかげじゃ。ポーションの瓶だと思って見過ごすところじゃった」

それから、にんまりとする。

「竜水演舞はの、ワシオリジナルの魔法じゃ。もう誰にも見せられないと思っておったんじゃが」

「とっても綺麗でした！　きっと、ラズも見たら驚くと思います！　私ももう一度見られるのはうれしいです」

そう言うと、ホルン爺さんが、あっと声を上げた。

「いや、しまった……こりゃ、調子に乗って魔力を込めすぎてしまったの。攻撃魔法ではないとはいえ、発動すればあたりは水びだしになってしまうぞ？　……それによく考えれば、実験と言っても、いきなり火魔法が飛び出して焼かれたらたまったもんじゃないな。こりゃ実験するなら被害を防ぐためにダンジョンに行ったほうが良いかもしれんの」

ホルン爺さんが手に持っていた魔法瓶を机の上に置いた。

「早く気が付いて良かった。実験はお預けじゃ。ラズを驚かせるのもな。ちょいとダンジョンに入るためにギルドに依頼を出すか、考えねばならん」

ホルン爺さんは鑑定眼鏡を私に返した。

「また、何か見つけたら頼むぞい」

うんと頷いて、また、何か使えそうなものがないか探すためにガラクタの山に向かう。

「魔法瓶……かぁ……」

回復魔法を瓶に詰めておけば、ポーション代わりに使えるってことだよね？

ポーションはいくらなのか知らない。王宮神殿で、元冒険者たちがしていた話からすると、安いポーションと高いポーションがあるらしい。安いポーションを使ったから傷跡がひどく残ってしまったとか。高いポーションがあの時あればまだ冒険者を続けていられたのにとかいう声を聞いたことがある。

私が回復魔法を詰め込んだら、どれくらいの効果があるのかはわからない。高いポーションくらい効果が付けられたら……。

ラズがダンジョンに行くときに持って行ってもらえるのに。

お金がないから買えないポーションを、魔力を注ぎ込むだけで作れるなら……。

「……。魔法瓶、どこかに落ちてないかな……」

二つ見つかったんだから、ほかにもあるかもしれない。

と、ギラギラした目でガラスの欠片を探す。

おかしい。特別探してなくて、踏むと危ないと思って顔をしかめたときはガラスだらけだと思ったのに。

いざ探すと、ガラスの欠片一つ見当たらない……。どうして！

「って、違う！　部屋に置く物を探してたんだった！　そのついでに魔法瓶が見つかればラッキーくらいに思わないと！　進まないよ！」

とりあえず、そう、カーテンとシーツになる布を……。

「あった！　って、違う、これ、さっきのマントだ！」

背中に穴のあいたマント。

「あ、こっちにも布」

端っこが出ていた。布が傷んでいて引っ張って破れたらいけないと、回復魔法をかけてから引っ張り出す。

「ああ、小さい」

思ったより小さな布にがっかりと肩を落とす。

「でも小さいけど随分繊細な模様が刺繍されてる……ハンカチ？　にしてはごわごわだよね……」

ハンカチより少し小ぶりな大きさの布一面に刺繍が施されていた。小ぶりだけど、ずっしりとした重みを感じる。

「あれみたいだ」

旗。

貴族の馬車とかに、誰が乗っているのか示すために掲げる旗。

「……でも、この紋章は見たことないけど、王宮神殿に訪れる貴族のとは違うのかな？」

動物……だよね？　紋章にモンスターは使わないよね？

なんか図案化した動物の紋章……。紋章は丸い模様で囲まれている。

「なんか魔法陣みたい」

アーティファクトに記されていた魔法陣に似てる。でも、鑑定眼鏡には何も文字は浮かんで見えない。

ということは、アーティファクトじゃない？　でもアーティファクトみたいな魔法陣が刺繍されている。

「そうだ！」

マントの穴を、この布で隠したらどうだろう？

マントを広げて穴の部分に置いてみる。

「なかなかかっこいいかも！」

これなら……。ちゃんと縫いつけたら、ハーグさんにプレゼントしてみよう。ゴミからの拾い物なんかいらないかな……？

でも、緋色《ひいろ》のマントに、赤いたてがみのある動物の立派な刺繍。火魔法を使うハーグさんに似合うと思う。それに……魔法陣みたいな模様は、アーティファクトを探す目的がある私たちにはピッタリだと……って、ハーグさんはアーティファクトを探すわけじゃないか。

ハーグさんがいらなければラズにあげよう。もう少し成長したら使ってねって。

「あ、布あった！」

回復魔法をかけて布を引っ張り出す。

「ぎゃあっ！」

布だと思っていたものは、動物……いえ、モンスターの皮？　だったみたいで、気味の悪い顔があった。絹のように光沢がある黒々とした皮。ヤモリを獰猛にしたような顔がこちらを睨んでいる。

「これ、絶対気持ち悪かったから捨てたんだよね……？」

顔が見えると怖いので、ぽんっと山の上に放り上げる。

それにしても、なかなか布は見つからない。

「そりゃそうか……布って、服やシーツはボロボロになったら雑巾にして使えるし。雑巾にも使えなくなったら細かくして火の焚きつけに使えるから……捨てる必要ないものね……」

と考えると、訳ありのものしか見つからないか。

縁起が悪そうなマント、落ちぶれた貴族のものかもしれない紋章、不気味な顔のついた皮……。

「うーん、でも、ゴミ箱の中にはテーブルクロスになる布があったから！　勢いでゴミとして捨てちゃう人もいるはず！」

と、声に出してから、ハッとする。

……違う、ホルン爺さんの屋敷はゴミ屋敷じゃないし、この山はゴミじゃない。

……ああ、でも、臭い！

「【浄化】っ」

この周りだけこそっと浄化。

ころんっ。

「ひぎゃっ！」

さっきガラクタの山に放り上げた不気味な皮が落っこちてきた。顔とご対面。

「……あれ？」

さっきは確かに、黒光りしていたし、獰猛な顔だと思ったのに。

黒さが和らいだ。どちらかというと濃い紫だ。アメジストの粉をまぶしたような輝きがある。

顔も、和らいで愛嬌のあるものに変わっている……。

まさかと思うけど。

「浄化で呪いが解けたんだったりして？」

これならかわいいし、何かにつかえるかも。

「とりあえず持っていこう。一度にあまりたくさんは運べないから……」

マントと紋章と皮を両手で抱えてラズが掃除しているであろう部屋まで運んでいく。

ドアを開くために、一旦荷物を床に置こうとしたら、ドアが開いた。

「うわ、ミオ」

ラズが手に桶を持って立っていた。ちょうど水を入れ替えようとして部屋を出ようとしたところみたいだ。

「何か見つかったか？」

「うん。魔法瓶っていうアーティファクトが見つかったんだよ！」

「マジで？　で魔法瓶ってなんだ？」

えーっと……。

ホルン爺さんは、ラズにも竜水演舞を見せるぞと言っていたけれど、魔力を込めすぎたから屋敷では無理だって言ってた。

ラズが期待してホルン爺さんのところに行っても、見せてもらえないんだよね？

「うーんと、まだよくわからないみたい」

嘘じゃないよ。どんな魔法が入れられるかとか詳細はまだ不明なんだもん……。

「そっか、そりゃそうだよな。じゃあ、水替えてくる」

ラズが廊下の向こうに去っていくのを見送って部屋の中に入る。

「随分埃っぽさがなくなってる。ラズ、すごく頑張って掃除したんだ。【回復】【浄化】」

あまりピカピカになりすぎないように、三割くらいに抑えて魔法をかける。

クローゼットや机の引き出しには何が入っているんだろう？

クローゼットを開くと、杖やローブが入っている。

「これは昔使っていたものなのかな……？」

ローブは同じような形のものが四つ。杖は一つだけ。それから、斜めがけの鞄に、折れた剣。

折れているのに、クローゼットの中に？　きっと大切な物なんだよね？

「【回復】【浄化】」

クローゼットの中にある物にまとめて全回復。折れた剣は、折れる前の姿を取り戻した。ただ何か所か刃がかけている。欠片はここにはなかったんだ。

くすんだ色になっていたローブが新品のように……はなってない。どうやらもともとくすんだ色だったようだ。

鞄だけは綺麗な革の色を取り戻した。

それから、クローゼットの中には、裁縫箱や大工道具に革製品などの修理道具など、道具類がいろいろ置かれていた。

「やった！　裁縫箱がある！」

裁縫箱の奥には、折りたたまれた布があった。

「なんだぁ！　布は探さなくてもあったんだ！　この部屋のクローゼットに入っていたのだから使っても大丈夫だよね？」

広げると大きな布が二枚。

一枚はベッドにシーツとして使って、もう一枚はカーテンに。ちょうどいい。

あとで使っていいかホルン爺さんに聞こう。

裁縫道具は使っても大丈夫だよね？

早速、穴あきマントに紋章布を縫い付ける。

「なんか、かっこいいのできた！」

周りをぐるりと縫い付けるだけだから、すぐに終わった。

ラズはまだ戻ってこない。戻ってきたら一緒に掃除をしようと思ったけど……。

つるんとして、黒にアメジストの粉をまぶしたような光る、のんきな顔つきの皮……これはどうしようか？

持ち上げてみる。床に、動物の毛皮を敷いているのを見たことはあるけど、毛皮じゃなくて皮だし、厚みもなくてしなやかだからおかしいよね？

持ってきたものの、何に使えばいいんだろう？

首をかしげると、クローゼットに並ぶローブが目に入った。

「ローブ？」

ローブなら簡単に作れそうだ。

ちょうど頭の部分がフードになりそうだし、手の部分が袖になるでしょう。

足と尻尾の部分は切って腰ひもにしよう。でも余るよね？

「そうだ、鞄は無理だけど、巾着袋ならすぐに作れる。巾着袋、口を絞る紐、それから斜め掛けにできるようにして……」

縫い物は得意だ。

王宮神殿で破れた服の繕い物をよくさせられていた。

私の服は修復しちゃってたけど。頼まれたものは修復しちゃうと「破れたところを縫ってない」ことにされて、「新しい物と入れ替えてずるをした」と言われてからは、縫うようにした。

初めのうちは「何よ、この下手くそな縫い目！　やり直しなさい！」と言われたけど。「こんなこともできないの？　こうするのよ！　貸してみなさいっ！」って私の手元を見てイライラした口調で王宮神殿の侍女が見本を見せてくれたことがあったっけ。本当に、私はできないことばかりだったなぁ。

……見習い聖女のまま聖女になれなかったの……、もしかしたら魔法の能力が足りないだけじゃなかったのかもしれない。聖女様たちは貴族令嬢だからマナーとかも学んでいて、貴族が癒やしに来たときにも失礼がないような対応ができるのだろう。

私は……。貴族に対する言葉遣いすらよくわからない。……見て学ぶこともできたはずなのに、それをしなかった。今頃気が付くなんて。

「もう後悔はしないよっ。私は出来損ないで聖女にはなれなかったけど、今度は……頑張るんだ。夢のため、それから……」

ラズのため、ホルン爺さんのため、ハーグさんのために。

だって、私……助けてもらったからじゃなくて、皆のこと大好きだから。

「完成！」

ローブセットが完成したところでドアが開いた。

「何が完成したんだ？」

「あ、ラズ！」

私が完成したローブを見せる前に、ラズが部屋の変化を見つけた。

「おお！　カーテンがとシーツがついてる。こうなると、なんか部屋も一段と綺麗になったみたいに見えるな！」

あ、それは気のせいというか、浄化魔法で実際にちょっと綺麗にしたんだけどね。

「ミオ、休憩にしようって。ご飯をハーグさんが買ってきてくれたんだ。行こうぜ」

ラズが水の入った桶を床に置くと私の手を取った。

食堂へ移動すると、テーブルの上にたくさんの串焼きの肉とパンが置かれていた。

「好きなだけ食え」

ハーグさんが串焼きを取ると、私とラズに渡す。

「あの、お金……」

ハーグさんが私の頭をぽんぽんと叩いた。

「お礼を言われる準備はあるが、謝罪される準備はしてないぞ？」

ラズと顔を見合わせてから、ハーグさんに頭を下げた。

「ありがとうございます」

ハーグさんはものすごい笑顔になった。

「はは、いいってことよ。とも、言ってられないんだよなぁ。……実はラズには謝らなくちゃならないことがあるんだ」

ハーグさんが肉を豪快にかじりながら申し訳なさそうに眉尻を下げた。

ラズが、ごくんと口に入れていた肉を飲み込んでハーグさんに訊いた。

「え？　何も謝られるようなことされてないけど……」

ハーグさんが机におでこを付けて頭を下げる。

「いいや、ラズを冒険者見習いとして連れて行くと言ったのに、冒険者ランクを下げてもらうことができなかった……。上げてもらうわけではなく下げてもらうなら簡単にできると思っていたのに……！」

ハーグさんの言葉にホルン爺さんが、はぁーとため息をついた。

「馬鹿じゃのぉ。それがまかり通るなら、ギルドからの強制依頼を逃れようと、S級やA級冒険者がB級かC級にしてくれと言い出して困るじゃろう」

ホルン爺さんの言葉に、ハーグさんがハッとなった。

「あ、ああ、強制依頼の問題もあったか。だが、逃れようとするか？　スタンピードが起きたら、街の人々が危険だろう？　強制依頼されようがされまいがモンスターを倒すのは冒険者として当たり前だろ？」

ハーグさんの言葉に、ホルン爺さんは大笑いし始めた。

「ははははは、なるほどな。ハーグはそういう考えの持ち主か！　そうじゃな。強制依頼がかからずとも、人助けに飛び出す冒険者もおるか。じゃが、そういう者ばかりじゃない。S級冒険者を目指す者たちもいろいろじゃ。しかし、本当にハーグは馬鹿じゃのぉ。S級冒険者にまでなったのに、知らないことが多すぎるじゃろう。ははははは」

目一杯笑われたハーグさんはホルン爺さんにむすっとした顔を見せた。

「そこまで笑うことはないだろ」

ホルン爺さんは、ぽんっとハーグさんの背中を叩いた。

「馬鹿にしたわけじゃないぞ。お前みたいな男がS級冒険者じゃなくなったのを残念に思っておるんじゃ。ハーグのような人間こそ、S級冒険者にふさわしいと思うんじゃがの……」

ハーグさんが、ふっと笑った。

「残念じゃないよ。ちょっと前までは確かにS級冒険者に戻りたいと、何かにとりつかれたように生きてたけどな。今はミオのおかげでB級冒険者の自分を好きになれた」

「ははは、それもよくわかる話じゃ。ワシも通った道じゃからな。賢者とまで言われたのに魔法が使えなくなって絶望して、なんとしても魔法を使えるようにと必死になっていたときもあったが……アーティファクトと出合ってワシは新しい生き方を見つけたんじゃ」

ホルン爺さんの言葉に、ハーグさんが笑った。

「やっぱり。賢者ホールルーンじゃないって言わなかったか？」

「そうじゃった、そうじゃった。いや、まだまだいろいろ葛藤があってなぁ。昔の名など口にしたくも耳にしたくもなかったんじゃが、さらにワシはこれによって一皮むけたんじゃ！」

ホルン爺さんは、机の上に置いてあった魔法瓶を持ち上げてハーグさんに見せた。

「なんだ？　変な色のポーションだな？　腐ってんじゃないのか？」

ハーグさんがホルン爺さんの手から魔法瓶……中身は濃い青い液体を受け取る。

竜水演舞魔法をホルン爺さんが詰めた魔法瓶だ。

「こんなもの捨てろよ、間違って飲んだら大変だろう」

ハーグさんがぽきゅんとキャップを取った。

「「あーーーっ！」」

私とホルン爺さんの叫び声がかぶる。

「ダメじゃ、すぐに蓋をするんじゃ！」

「ハーグさんこぼしちゃダメ、絶対！」

どれくらい強い魔法かわからないけれど、薄い水色でも私の身長よりも高い水柱が立った。

これほど濃い青い色だと……。ホルン爺さんは部屋中水浸しになると言っていたけど、それだけで済むとも思えない。

部屋の中でおぼれちゃうんじゃないかな？

「は？　え？」

どういうことだと首を傾げたハーグさんの手にある魔法瓶が、傾いた。

「あああああっ」

「うおおおお」

私とホルン爺さんが必死に瓶に手を伸ばすけれど、ハーグさんは訳がわからないと動揺したのか、それとも、手を伸ばされた勢いに押されたのか。

すっと、瓶を後ろに引いてしまった。

こ、こぼれるっ！

中身の液体が揺れて、瓶の口からぽろっと出そうになったところで。

「少しだけ出た場合はどうなるんじゃろ？」

と、ホルン爺さんがつぶやいた。

大惨事になってからじゃ遅いんですよ！　そういう実験は、ダンジョンの中でしたほうがいいって言ったじゃないですか！

と、涙目になる。

「これでいいか？」

ラズが魔法瓶に蓋をした。

「ありがとう、ラズ！」

「いや、いいけど。こぼれたらどうなってたんだ？」

ラズの言葉に、答えていいものかどうかわからずにホルン爺さんの顔を見る。

「うむ、わからぬ。少しこぼれたらどうなっておったんじゃろう。濃度で違いはあるようじゃが、量による違いはどうなんじゃろう。わからぬことばかりじゃ。ああ、早く実験をしたい。じゃが実験をするには……」

ホルン爺さんがそうじゃと声を上げた。

「ダンジョンに行って実験をするつもりで、ギルドに依頼をしようと思っておったんじゃが、ワシが冒険者になればいちいち依頼など出さなくてもいいんじゃないかの？」

ハーグさんが魔法瓶を変な顔して見ながら机の上に置いた。

「ポーション一つ、二つ、欲しいならとってきてやるぞ？」

「そうじゃない。まぁ聞け。ワシのような引退した元冒険者が、ギルドに冒険者として再登録するとどうなるか知っておるか？」

ハーグさんがうーんと考え込む。

「あ、聞いたことがあります。ランク落ちしてスタートするんですよね？」

王宮神殿で回復した冒険者の人が言ってた。

「まるで怪我をする前のように体が動く！　また冒険者に戻れる！」

「そうだな、ランク落ちしてスタートだが、すぐに元のランクに戻れるさ」

「ああ、すぐにギルドに行こう」

みたいな会話を聞いたことが。

ハーグさんがそう言うと、ホルン爺さんが小さくため息をついた。

「へー、そうなんだ」

「本当にお前はなんにも知らないんじゃな」

「いや、いいことを聞いた。それなら、俺は一度引退して再登録すればランクが落ちるってことだろ？これでラズを見習いにしてやれる」

「引退して再登録まで一年間が空いてなければ再登録してもランクは落ちん。一年から三年空いていれば一ランク、五年までなら二ランク、十年までなら三ランクダウンでスタートじゃ。十年以上のブランクがあればF級……初めからやり直しになる。そんなことも知らないのか」

流石、元賢者のホルン爺さんは物知りだなぁ。

「一年！　一年かぁ……。冒険者やめて一年もダンジョン入れないのは厳しいなぁ。いや、まぁそれくらいなら……何もダンジョンじゃなくたって、ラズを鍛えることはできるわけだし、うーん」

「だ、駄目だよ。おいらのために一年も冒険者やめてもらうわけにはいかない」

だよね。そこまでしてもらうのをラズは望まないよね。むしろプレッシャーになっちゃうよね。

「あー……」

「いやいや、だからの、いい案があるんじゃ。ワシが冒険者に登録する。ワシが再登録すれば、ランクはFじゃ」

ホルン爺さんの言葉にハーグさんが首をかしげた。

「ホルンが、ラズを見習いとして連れてくのか？」

「そうじゃないわい。まだわからんのか。お前がC級になりたかったのはなぜじゃ？」

「D級の依頼を受けたかったから……見習い冒険者としてラズをダンジョンに連れて行ってやりたか……」

そこでハーグさんが何かに気が付いたようだ。

「そうか！　そうだ！　F級冒険者とパーティーを組めば、D級パーティーとしてD級の依頼が受けられるんだった！　そういうことか？」

「そうじゃ。ワシはダンジョンに行きたいとちょうど思っていたところじゃ。冒険者に依頼を出すよりも、自分が冒険者になったほうが早いじゃろ？」

ハーグさんが立ち上がって両手を広げた。

「て、天才か！　天才だな！　でも、いいのか？　冒険者に戻りたくないんじゃないのか？　その……」

「あはは、そうじゃの。落ちぶれ賢者だの、いろいろ言われることは覚悟の上じゃ。そんなことよりも、ワシは、この魔法瓶の研究を進めたくて仕方がないんじゃ。ハーグならば、ワシの研究をほかに漏らすこともないじゃろう。訳のわからん冒険者に依頼をするよりも安心できるし、依頼料も節約できるじゃろ。ワシのほうこそ、落ちぶれ賢者がパーティーを組んでくれなど図々しいお願いじゃと思うが」

「何を言ってるんだ！　ホルン！　喜んでだ！　そうだ、パーティー名は【元S級仲間】とかにするか？」

　ニヤニヤと笑うハーグさん。

「おいら、見習いじゃなくなったら出て行かないと駄目ってことだよな……」

　ラズが、しゅんっとする。

「い、いや、そういうことじゃなくてだなっ」

　ハーグさんが焦った顔を見せる。

「まったく。ワシは元S級なんて言いふらす気は全くないぞ。ただの新人冒険者のホルンとしてやっていくつもりじゃからの。パーティー名は……そうじゃなぁ……」

　ホルン爺さんがうーんと考えてラズの顔を見た。

「何かいいアイデアはないかの？」

　ラズがひゅっと息をのむ。

「お、おいら？　えっと、えっと……」

　どうやら、皆あまり名前を付ける才能はないらしい。

「そうだ！　アーチファートはどうだ？　ホルン爺さんはアーチファートのためにダンジョンに行くんだろ？」

　ラズ、アーティファクトだよ。

「お、いいんじゃないか？　アーティファウトか」

ハーグさん、アーティファクトだよ。

「いやいや、パーティー名じゃぞ？　ワシは確かに遺物みたいなもんじゃが、未来ある若者が古代の遺物を名乗ってどうするんじゃ」

「アーティファクトは古代の遺物……だけど、ホルン爺さんが蘇らせて新しい道具になるんですよね？」

私の言葉に、ホルン爺さんが目を見開く。

「あ……ああ、そうじゃな、そうだといいんじゃが……」

「もうすでにルン盤とか蘇らせてるじゃん！　道具に刻む魔法陣の研究も進んでるんだよな！　いっぱいアーチファクト見つければ研究も進むんだろ？　おいらも頑張って見つけるよ！」

「楽しそうだな。そうだな、遺物を蘇らせるパーティーか。名前は……うーんと」

ずっと昔に生まれて、それがずっと続いていく……。

「悠久」

ふと単語が口をついて出ると、ホルン爺さんが大きく頷いた。

「いいの。悠久か。遠い過去から、遠い未来まで果てしなく続く……なるほど。アーティファクトらしい言葉じゃな」

ハーグさんが大きな手で私の頭とラズの頭をぐりぐりと撫でた。

「ずっと続く……か。気に入った。ずっとパーティーが続くといいよな」

ずっと？

ハーグさんがニッと笑う。

「でもちょっとパーティー名としては短いの。悠久の……なんかいい言葉はないかの」

ホルン爺さんがまた考え込んでしまった。

「まぁ名前は各自考えておくことにして、準備をするかのぉ。明日、登録に行ってダンジョンに行くということでいいかの？」

ホルン爺さんの言葉に、ハーグさんが慌てた。

「まてまてまて、装備はどうするんだ？　流石になんの準備もなく連れていくことはできないぞ！」

ハーグさんが焦って声を出した。

ホルン爺さんは、ふむと頷き、ついて来いと言って歩き出した。

「ワシが昔使っておった物はまだ残っておるじゃろう」

ホルン爺さんについていくと、私の部屋として与えてくれた部屋に入っていく。

「ほほぉ、随分綺麗に掃除したもんじゃ」

ホルン爺さんが感心しながらクローゼットを開いた。

「ここに昔使って……ん？　なんじゃ、随分綺麗じゃな？　クローゼットに入れてあったから埃をかぶることもなかったのかの？」

しまった。まさかクローゼットの中身を見る必要が出てくるとは思わず、【浄化】と【回復】全力でしちゃったよ。

「杖は……まぁいらんかの。魔法は使えぬし。ほれ、ローブは持っとるぞ。これでええじゃろ」

ホルン爺さんがくすんだ色のローブを一つ手に取る。

「その色、賢者ブルーっていうやつだろ？　渋いくすみ色はA級モンスターの血液で染めたっていう……目立ちすぎないか？」

え？　モンスターの血液で染めた色？

「うーむ。特別珍しいもんじゃないと思うんじゃが、賢者ブルーなどと呼ばれてるんじゃやめとくかのぉ。というとじゃな……」

クローゼットに並んでいるローブは全部同じ色。

あ、そうだ。

「あ、あの、これ、カーテン用の布を探していて見つけた皮で、ローブを作ってみたのですが……！」

さっき作ったローブを机の上から掴んでホルン爺さんの前に差し出す。

「お、なんじゃ、まぬけな顔が付いてるのぉ」

まぬけな顔……。確かにとぼけた顔してる。あれ？　私、なんでローブにしてプレゼントしようと思ったんだろう。ううん、ローブにするにしても顔の部分を切り落としてフードなしで作ればよかったんじゃないかな……。

「モンスターの皮か？　見たことないな。……ドラゴン系？」

「ぬめっとした感じはトカゲ系にも見えるの。ドラゴンならもう少しごつごつざらざらじゃろう？　いや、幼生ならそうでもないのかの？」

ホルン爺さんとハーグさんがしげしげとローブを広げたり上にしたり下にしたりして眺めている。

「にしても、こんな色したドラゴンなんて見たことないぞ?」

見たこともないモンスターの皮? そんなに珍しいものがどうしてゴミに?

「大方、遊びで誰かが作ったんだろ?」

ハーグさんの言葉に、なるほどと頷く。ぬいぐるみのように、トカゲ? ドラゴン? 何かを模して作ろうとしたのかな。かっこよくするつもりがまぬけな顔になって捨てたというならわからなくはない。

ハーグさんが、力を込めて裾を両手で引っ張った。

「強度もそこそこありそうだ。ほれ、ホルン着てみたらどうだ? ミオが作ってくれたんだぞ!」

はっ! まぬけ顔のローブをホルン爺さんに着せようとしたなんて、私はなんてことを! 焦って、フードを取りますと言おうとしたら、ホルン爺さんがローブを羽織った。あとでまぬけ顔をどうするか尋ねればいいかな?

「あ、セットでどうぞ」

斜め掛けの巾着袋と腰ひもも手渡す。

「ん? この巾着のベルトのところのこのぼこぼこの部分はなんじゃ?」

「ポーションの瓶とか、さしておけるかなと思って……」

巾着の中に入れたら瓶同士がぶつかって割れてしまうかもしれない。

斜めに体の前にぴたりとくっつく巾着袋のベルト部分に、五本のポーションの瓶がさせる部分を作っておいた。

「こりゃいい。必要な時にすぐに取り出せるんじゃな。魔法瓶入れにちょうどいい！」

魔法瓶？

ああ！　ポーションじゃなくてもいいのか！

「この位置なら、移動中にも手で触れて魔法を補充できるんじゃないかの？　うむうむ。いろいろ実験するのが楽しみじゃ」

ホルン爺さんは巾着袋を斜めにかけてから、巾着袋のベルトを固定するためにその上から腰ひもで結んだ。

良かった。巾着とそれを留めるベルトは気に入ってもらえたんだ。

それから最後に、フードをかぶった。

「うお、ホルン爺さん、顔がフードで見えないぞ」

ハーグさんは上から見下ろしているから特にそうなのだろう。

「確かに、下から覗き込まないと顔が見えないけど、ホルン爺さんは前が見えてるのか？」

ラズがホルン爺さんの顔を下から覗き込んだ。

正面から見ても、顔が半分隠れているし、見えている顔も陰になっていてしっかり見ようと思わなければよく見えない。

「うむ。特殊な加工がしてあるのか、こいつの目の部分から外がしっかり見えるようになっておる」

ホルン爺さんが鏡に映る自分の姿を見た。

「こりゃいいのぉ。気に入った。これならまさかワシじゃと誰も気が付かないじゃろう」

ホルン爺さんがワクワクと声を弾ませる。

えっと、本当にいいの？

ハーグさんもラズもホルン爺さんも……。

なんか、ちょっと抜けたトカゲのような謎の着ぐるみ着た人みたいになっちゃってるけれど……。

それで、大丈夫なの？

よく見るとかわいいけれど。

「ああ、なんかいいな。新しい装備か。俺も久しぶりに新しい装備にするかな」

ハーグさんの言葉に、机の上に折りたたんでおいたマントを手に取って広げる。

「あの、これ、ハーグさん……その、良ければ……。ちょっと穴があいていただけだったので、直してみたのですが……」

ハーグさんが背中に当たる部分の真ん中に縫い付けた魔法陣と動物のようなものをモチーフにした布部分を真っ先に見た。

「うお、かっこいいじゃんっ！　魔法陣の刺繍か？　動物は……ん？　ちょっとホルン爺さんっぽいな」

言われてみれば、間抜けな顔つきが似てる。動物がモチーフになっているのかな？　動物じゃなくてモンスターなのかな？　赤いたてがみの動物なんていないよね？

「おお、魔法陣とな？　もしかしてワシの他にもアーティファクトを研究している人間がいるのか？」

　ホルン爺さんが紋章を食い入るように見た。

「うむ……このあたりは火に関係する事柄が書かれておるようじゃ。逆にこちらは水じゃの。この部分は風……とくれば、この部分は土かの？」

「なぁ、ホルン爺さん、ってことはこの布、アーチファァートじゃないのか？」

　ラズは相変わらずアーティファクトの発音が下手くそだ。

「そうじゃ、鑑定眼鏡！」

「あ、はいどうぞ」

　先ほど借りていたものをポケットに入れていたのでホルン爺さんに手渡す。

「むっ……！　残念、文字は出なかった」

　ホルン爺さんががくりと肩を落とす。

「でもさ、この刺繍すげー綺麗な状態だし、割と最近の品物なんじゃねぇ？　だったら魔法陣研究してる人がどっかにいるってことだろ？　な？」

　ラズの言葉にホルン爺さんの機嫌がすぐに復活した。

「そうじゃの！　そうじゃ！　仲間がいれば、研究もはかどるはずじゃ。この刺繍の状態からすれば、研究者が生きている可能性が高そうじゃ！」

　言えない。修復する前はどれくらい古ぼけていたか私にもわからないとは。もう研究していた人が生きてないかもとは。

……私、もっと頑張ってアーティファクトのヒントになるものを見つけよう。これだけたくさんのゴミ……研究材料があるんだから、他にもきっと見つかるはず。頑張って、ホルン爺さんの研究の手助けをするんだ。

「気に入った。ありがとうなミオ！」

ハーグさんがマントを羽織ると、私の頭を撫でた。

「アーティファクトを研究するおいらたちにピッタリだよな！」

ラズがマントを付けたハーグさんを見て大きく頷いた。

「ん？　じゃが、ハーグは現役の冒険者じゃろ？　この間までS級じゃったんじゃ。それなりに性能の高い装備を身に着けていたんじゃないのか？　ワシは新人冒険者として登録するから問題ないがの」

あ！　そうだ。

「ハーグさん、私に気を遣ってくれたのなら、あの……」

神殿に来ていた冒険者も話をしていた。

「この盾はモンスターからのレアドロップ品だが、売らずに済んで助かった」とか、「耐毒の腕輪をしていたが、麻痺毒にやられて半身が動かない」とかいろいろ聞いたよ。

防具も武器も、モンスターからドロップするといろいろな効果があるんだよね。あとはそもそも、モンスターの皮や牙や骨など効果がある素材を使うと防御力が高い物が作れたりとか……。

「わ、私……」

ゴミの山から見つけた穴があいたマントなんて、防御力があるわけないのに！　だから捨てられてたんだろうに！　なんて物を渡しちゃったんだろう！

「あはは、ミオ、大丈夫だ。俺たちは、Ｄ級パーティーだぞ？　Ｄ級パーティーが受注できる依頼は、上下ランク違いまでだ。つまり、上はＣ級までしか依頼を受けられない。丸裸だってモンスターに負けるようなことはないさ」

ハーグさんが笑って私の頭を撫でた。

「流石、元Ｓ級冒険者の言うことは違うのぉ。普通はＣ級モンスターに丸裸で挑むようなことは馬鹿って言われるんじゃがなぁ」

「そうだな、いくら自信があっても、油断する奴は馬鹿だ。だから実行はしないが。見習い冒険者を連れていけるダンジョンはＦ級とＥ級とＤ級だけだからな。Ｄ級パーティーの俺たちが行くのはＥ級ダンジョンになるから問題はない」

問題はないと言いつつ、ハーグはラズを見た。

「ボスに挑むつもりがあるなら、もう少し装備を整える必要があるが、まずは訓練を重ねてからになる。通常、訓練もかねてモンスターを倒してお金を貯めてから装備を整えるんだ。高い装備をいきなりそろえると、強くなった気になって自分の実力を見誤って危険だからな」

なるほど。

確かに、防御力がある装備を身に着けてるから大丈夫と、モンスターの攻撃を避けない癖がついてしまっては大変だ。

うんとラズが頷いた。

「おいら、危険なことをするつもりはない」

ハーグさんがラズの頭を撫でた。

「そうじゃ、お前みたいな奴がいい冒険者になるんじゃよ。じっくり無理せずコツコツレベルを上げていく者がな」

ハーグさんがうんと頷いた。

「おいらは、でも……。無理せずお金を稼いで、それからダンジョンでアーチファクト見つけて、それから……」

「おう、いい夢じゃのぉ。アーティファクトには夢がある。任せたぞラズ。ワシはダンジョンで実験をせねばならぬからの！」

「待て待て、ホルンもアーチファアート探すって言うのかと思ったら、実験？」

ホルン爺さんが魔法瓶を手に取った。

「そうじゃ。これじゃ。アーティファクトの魔法瓶の実験をするんじゃ。そういやぁ、ハーグは火魔法が使えたんじゃな？　実験に協力してもらうぞ」

「待ってくれ、そもそもラズを鍛えるために一緒にダンジョンに行くんだよな？　ホルンの実験に協力するためじゃないぞ！」

ホルン爺さんがハッとする。

「な、なんじゃと……いや、そういえばそうじゃったか……。ワシが実験しておる間に、ハーグはラズと訓練するのか……。ラズはアーティファクトを探すわけじゃなかったんじゃな……」

ラズもハッとした。

「あ、確かに。おいら、ダンジョンでアーティファクト探したいと思ってたけど、ハーグさんが連れて行ってくれるのはおいらを鍛えてくれるためだ。だから、おいら、暫くはアーティファクト探しはできないんだ」

それから三人は顔を見合わせた。

ハーグさんとラズが訓練するのは、初級ダンジョン。より安全な場所がいいだろう。ホルン爺さんの実験をするには、広くて人がいないダンジョンがいいだろう。となればどのダンジョンがふさわしいのかと、話を詰め始めた。

あ……。

そうか。

三人はパーティーを組んでダンジョンに行くんだ。

正確には、パーティーを組むのはハーグさんとホルン爺さんの二人。そのパーティーの見習いとしてラズは同行する。

明日、三人は一緒にダンジョンに行くんだ。

その間、私は何をしていればいいだろう？

ゴミ捨て？　それとも掃除？

一人で屋敷の掃除をするのを想像する。

うん、平気だ。

王宮神殿だって、一人で掃除していた。誰も起きていない早朝。まだ太陽も昇りきらない時間に起きて一人で掃除をしていた。皆が寝静まった後に一人で縫い物をしていた。

だから、平気。

「おい、どうしたミオ！」

「ミオなんじゃ、どこか痛いのかの？」

「ミオ、大丈夫か？」

三人が焦った顔をして私を見た。

「わ、私……平気だよ？」

どうして三人が私を心配そうな顔をしているのかわからないけれど、心配してもらえることが嬉しい。そして、心配させてしまって苦しい。

「平気なわけないだろ、どっか痛いなら、そうだ、ポーション、ポーションがある」

ハーグさんが鞄の中をごそごそとし始める。

「ちょっと待っておれ、どっかに綺麗な布があったはずじゃ」

ホルン爺さんが机の引き出しを手あたり次第開け始める。

え？　ポーション？　大丈夫だよ。回復すれば。

綺麗な布？　必要なら浄化すれば綺麗になるよ？

「なあ、ミオ、なんで急に泣きだしたんだ？」

ラズが私の両腕を掴んで顔を覗き込んできた。

「え？」

私、泣いてるの？

そっと手を頬に持っていくと、確かに涙に濡れている。

「へ、平気だ……から」

「いや、平気じゃないだろ。ほら、ポーションだ。初級だが、痛いところがあればよくなるぞ、もしこれで効かなければ中級でも上級でも用意してやる！」

ハーグさん、回復魔法が使えるから大丈夫だよ。それに、王宮神殿にいるときと違って、ちっとも痛いことがないの。ここにいると。

誰にも叩かれないし蹴られないし悪いもの食べてお腹も痛くならないし……。

「ハンカチがあったぞ、綺麗そうじゃが、そうじゃルン盤を使えばええんじゃ」

クローゼットの中にあったハンカチ？　なら浄化したから綺麗だよ？

「何が平気なの？」

ラズの瞳の中に、私の泣き顔が映っている。顔がぐしゃぐしゃになって、ボロボロ涙を流す顔は、確かに全然平気そうじゃない。

まるで、子供のように泣いてる自分の顔を見て、思わずこらえきれなくなった。

「平気……だったの、わた、私……今まで一人でも……だけど、でも……。なんだかおかしいの……全然、平気じゃなくって……三人が仲良くパーティー組んで、ダンジョンに行くの……わ、私、一人で……一人でいるの……なんか……」

わしゃわしゃと、大きな手でハーグさんが私の頭を撫でた。

「なんだ、そんなことか。どっか痛いんじゃなくてよかった」

「寂しい思いをさせて悪かったの。一人仲間外れみたいに感じさせてしまったんじゃな」

ホルン爺さんが私の肩をポンポンと叩いた。

「ミオが寂しいなら、おいら行くのやめる。寂しくなくなるまで待つよ」

ラズの言葉に服の袖で乱暴に涙をぬぐった。

「も、もう寂しくない、から！　大丈夫、行って！」

ハーグさんが笑った。

「いや、俺はミオがいないと寂しい」

え？

「そうじゃなぁ、ワシもミオがいたほうが嬉しいなぁ」

えっと、どういう……？

「なぁ、ミオ、ミオもダンジョンに行くか？　初級であれば出てくるモンスターで怪我することはあっても死ぬようなことはない。まぁ、俺が怪我もさせないけどな。すぐにラズだってミオを守れるようになるだろうし」

「わ、私……戦えないけど、一緒に行ってもいいの？」

ハーグさんの言葉にごくりと小さく唾を飲み込む。

「ミオに仕事を頼みたいと思っておったんじゃ。ワシは実験で忙しいからの？」

ホルン爺さんが鑑定眼鏡を私に差し出した。

「ミオ、よく考えて。モンスターは怖いよ。いくら死ななくったって近づかなくて済むなら近づくもんじゃないから。安全は……ハーグさんがいれば大丈夫だっておいらも信じてる。ホルン爺さんの仕事の手伝いだって、屋敷にもいくらだってあるし、働かないからって追い出すような人じゃないって信じてる」

ハーグさんとホルン爺さんがラズの後ろで大きく嬉しそうな顔で頷いている。

「それからさ……おいら、絶対ミオと一緒だから。離れて活動していても、絶対ミオのとこ戻ってくるし、一緒にいる」

ラズが私の手を力強く握った。

戻ってくるという言葉に一瞬背中が冷たくなる。

王宮神殿に来ていた元冒険者たち。

「もう冒険者は続けられなくなったけれど、戻ってこられたただけ俺たちはましだよ」

「そうだな……たとえ片足を失ったって、戻ってこられたんだ」

そんなことを話しているのを聞いたのは一度や二度ではない。

戻ってこられないことがある。

もしあの時あと一本ポーションがあれば、もし上級ポーションを買う金があれば……と。

私ならポーションの代わりになれる。上級ポーションの代わりに。

「行く……」

無意識に小さく出たつぶやき。

「え？」

ラズの聞き返す声に、はっきりと気持ちが固まった。

「私も、行く！　連れて行ってください！」

深く頭を下げた。

「え？　ミオ、本気か？」

ラズがびっくりしている。

「そうと決まれば、準備を怠るわけにはいくまい。いくら安全な初級ダンジョンとはいえ、死ななきゃ大丈夫というもんでもないからの」

ホルン爺さんがクローゼットの中にかかっていたローブを一つ取り出した。賢者ブルーというくすんだ色のローブだ。

「防御力ならこれがぴか一なんじゃが……なんせ何十種類ものモンスターの血液を混ぜ、そこにドラゴンの魔核を砕いて浸け込んで三年熟成させたもので染め上げた布で作ってあるからのぉ」

うわぁ。賢者ブルーってそんなにすごい作り方してるんだ。クローゼットにたくさん並んでいるからどこにでも売っているのかと思った。

ローブを私の体に合わせて首をかしげた。

「うーむ、似合わぬのぉ、サイズも合わぬか……」

がっかりするホルン爺さん。

「あ、あの、貰っていいですか？　貰えるなら、サイズは自分で直します！」

「もっとかわいい装備買ってやるぞい？　なぁーに、ミオは命の恩人じゃし遠慮はするな」

ホルン爺さんの言葉に首を横に振る。

「ホルン爺さんが使っていたローブを貰えるなんて、なんか……その……」

家族みたいで嬉しいって言葉が頭に浮かんだけれど、飲み込む。

ハーグさんが、ぽんっと手を叩いた。

「なるほど、師弟関係みたいだな。賢者の弟子なんてかっこいいじゃないかミオ」

「え？　で、弟子？　で、でも私、魔法は……と、得意じゃないから」

賢者の弟子なんておこがましい。

「そりゃええの。魔法じゃないぞ、アーティファクト研究者の弟子じゃ。頼んだぞミオ」

ホルン爺さんが私の顔に鑑定眼鏡をはめた。

「は、はい！」

眼鏡をかけて浮かび上がる文字を探すんだ。

ああ、それなら読み書きができれば、浮かんだ文字を記録に残したり、もっといろいろ手伝うことができるようになる。

窓ガラスに鑑定眼鏡をかけた私の姿が映った。

あれ？　鑑定眼鏡にも文字が浮かんでいる。……そっか。きっと鑑定眼鏡って文字だよね。

【鑑定眼鏡
▽製造時に登録された品のみ鑑定可能
▽魔法道具登録数320、ドロップ品1200、鉱石──】

◇王宮　皇太子殿下視点◇

「殿下」

王宮神殿に向かおうとしているところを宰相に止められた。

「なんだ？　急用か？　私は今から王宮神殿で執務の疲れを癒やしてもらおうと思っていたところなんだが」

休息の時間を邪魔され、イライラと宰相に尋ねる。

「恐れながら、暫く王宮神殿へ足を運ぶのをお控え願えないかと」

「は？　何を言い出すかと思ったら！　冗談じゃないぞ？　私に過労で倒れろというつもりか？」

宰相が胸元から取り出したハンカチで額の汗を拭きだした。

「も、もちろん倒れそうなときにはすぐにでも聖女様をお呼びいたします。ですが、その、毎日のように聖女様の力をお借りしなくてもよろしいのではないかと」

なんだ。倒れるほど仕事をしていないとでも言いたいのか？

うるさい奴だとは思っていたが。私が父の後を継いで王座についたら、いち早くクビにしてやろう。

「聖女エリーチカは私の婚約者でもある。婚約者に会いに行くのを邪魔するというのか？」

宰相が首を横に振った。

「いいえ、とんでもございません。その、少しの間で構わないのです。ここのところ聖女様方による神殿での民への癒やし業務に関して批判が膨れ上がっておりまして」

「は？　金も出さない庶民の我儘など無視すれば良いではないか！」

宰相が額の汗を再びぬぐった。

「それが、もともと人数制限をして順番待ちをさせていたのですが、最近は制限した人数を癒やすことができない日が続いておりまして。国民をないがしろにするのかと不満が高まっております」

ため息が出る。

「なんだ、それは担当聖女がさぼっているのか？　ならば私の行動を制限するのではなく聖女をもっと働かせればいいだろう」

「何度も神殿側には改善するようにと申し入れはしておりますが、一向に改善せず……その、神殿側が言うには、貴族たちを癒やす人数を減らして礼拝堂を担当する者を今までよりも増やして対応しているということなのですが」

首をかしげる。

「人数を増やして対応できないとはどういうことだ？　庶民が無理難題でも押し付けてきてるのか？

失った手を戻してほしいとか」

宰相がうつむいた拍子に、ポタリとぬぐいきれない汗が床に一滴落ちた。

「無理難題といえば、そのまぁ、少し違うのですが……その、癒やしを断られた貴族の言葉を庶民が聞いてしまいまして」

「なんだ、貴族の依頼を断ってまでも庶民に尽くしているということがわかれば、感謝するってもんだろう？」

宰相が首を横に振った。

「ある貴族は『この俺様にずっと咳をして苦しめというのか』と言い、またある騎士は『突き指をしたのだ。これでは十分に剣を握ることはできぬ』と。また別の者は『聖女様に膝枕をしてもらうとよく眠れる。このままでは不眠で倒れてしまう』と」

宰相は感情を殺したようにその続きを淡々と口にした。

「咳や突き指や不眠だと？　俺たちは生きるか死ぬか、藁《わら》をもつかむ思いでここに来てるんだぞ！　私の母親は間に合わず先月亡くなってしまったというのに！　俺は三か月ずっと頭が割れそうに痛むのを耐えている！　と、次々と庶民から非難の声が上がりまして……」

「なんて愚かな……」

思わず声が漏れる。

「愚か、ですか……」

宰相がつぶやいた。

「ああ。愚かだろう？　私たち高貴な血と庶民の命が同じ価値なわけがないというのに。庶民の一人二人死のうが十人二十人苦しもうが、我らの苦しみ一人分にも及ばぬというのに……なんと愚かしい主張をするのか、庶民というものは本当に愚かだ」

宰相がぐっと頭を下げたままハンカチで頭の後ろをぬぐう。

「愚かなのは……」

宰相が何かをつぶやき退出していった。

しかし、いったいどういうことだ？　この間まで問題なかったはずだ。

貴族担当者の数を減らして庶民に回しているのに、不満の声が上がっているというのは……。何が起きている？

第五章　ゴミ屋敷のパーティーはじめます

あっという間に朝が来た。

「ミオ、準備はできたか？」

装備を整える。

昨日はあれからダンジョンに行くための準備をすることになった。

ハーグさんに連れられてラズは基本的な見習い冒険者の装備を見に行った。

ホルン爺さんは実験結果を記録するための用紙の準備や魔法のリストなどを作っていた。

私は、ホルン爺さんに貰ったローブを改造していた。

「どうかな？」

ローブの袖とフードを切り離し、ジャンパースカートにした。長かったので、三段の切り替えがちょうどスカートの裾の模様のようになった。中に女将さんから貰ったワンピースを着る。

フードだった布を使って、大きな蓋付きのポケットを左右に一つずつ付けてあるからちょっとしたものなら持ち歩ける。

「うわぁ！　かわいいじゃん。似合う。そっか、全身その色だとかっこ悪いけど中にブラウス着ればかわいいな！」

かっこ悪いって、ラズ！

「あの、それからこれ。切った袖で作ったズボンとベストなんだけど、ラズに……」

ハーグさんに革の胸当て肘当て膝当てにショートソードは用意してもらっていた。でも、服はあちこち穴があいてボロボロのままだ。

「マジか！　嬉しい！　ちょっと待ってくれ、すぐに着替えてから行くよ！　ミオは先に行ってて」

食堂に降りると、ホルン爺さんとハーグさんがスカートを褒めてくれた。ラズが来ると、ラズのズボンも褒めてくれる。

皆でパンを食べてから、ギルドに出発です！


「おーい、初心者ダンジョンでこなせるD級の依頼はあるかぁ？」

四人でギルドの入り口をくぐったはずだけど、ハーグさんはいつの間にか美人のお姉さんがいる受付に足を延ばした。

「は？」

なぜかお姉さんは冷たい目をハーグさんに向けた。

「ギルド長！　ハーグさんがまた我儘を言いに来ました！」

え？　ハーグさん、お姉さんに我儘言ってるの？

「おいおい、そう焦るな。まだF級冒険者も見つけてない」

渋い貫禄のある男の人が現れた。あの人がギルド長なのかな？　神殿長みたいに長がつくから偉い人なんだよね？

「ははは、大丈夫だ。パーティーメンバーを見つけてきた。っと、まずは登録だな。ホルン」

ハーグさんに隠れるようにして立っていたホルン爺さんがお姉さんとギルド長に見えるようにカウンターに歩み出た。

「うわっ、なんだトカゲか？　って、フードをかぶってるのか。随分個性的な格好をした人間を見つけたな」

ギルド長が驚いている。

「これはな、伝説のエンシェントドラゴンの幼体の皮でできたローブじゃ」

ホルン爺さんがぼそりとつぶやいた。

「はぁ？　ま、まさか！　呪われた古代竜の？　子を殺された古代竜の呪いがかかったという……。傷つけようと刃を立てる者は即死するという呪いがあり、そのため防御力は世界最高峰。競って手に入れようとしたあれか？」

へー、そんな伝説のローブがあるんだ。

でも絶対違うよね。だって、私、ハサミで切ったよ？　死んでないもの。

「しかし、もう一つの呪い……持ち主は一か月を待たずに命を落とすというため、誰も所有しようとせず、いつの間にか行方知れずになったという三千年前の伝説の……」

さ、三千年も前の伝説？　よく知ってるね。

ハーグさんがホルン爺さんの隣で笑いをこらえている。

「って、騙されるわけないだろう！　伝承では恨みに満ちたそれは恐ろしい顔をしているという話だ。こんなまぬけ顔をしているわけがないだろうっ！」

ギルド長の言葉に受付のお姉さんがハッとしてハーグさんの顔を見た。

「からかったんですか！」

バンバンバンとカウンターを力強く叩いた。

「いや、俺じゃないだろ、言い出したの、ホルンだよな？　なんで俺をにらむんだ？　とにかくさっさとホルンを冒険者登録してくれ。で、俺とパーティー登録な。あと、見習いでこの二人もパーティーに加えるから」

お姉さんは釈然としない顔で、用紙を取り出した。

「ホルンさんでしたか、冒険者登録の手続きをいたします。登録用紙にお名前を書いてください」

「ほいほい名前じゃな。ホルンと」

お姉さんが文字を書いているホルン爺さんの手元を見て、ハッとした。

「ホルンさん、顔を見せてください」

「はて？　顔とな？　冒険者登録に顔を見せる必要があったかの？　あまり見せたくないんじゃが、仕方があるまい」

ホルン爺さんがトカゲフェイスのフードをちょいと持ち上げてお姉さんに顔を見せた。

「あ、あああっ！」

お姉さんが驚きの声を上げている。その後ろでギルド長も驚いた顔をしている。

「ハーグさん、あなた、なんてことを！　お年寄りをだまして冒険者登録させるなんて！　そりゃ確かに、十四歳になれば誰でも登録できますけど……。お年寄りならランクを上げようとしないだろうし、ずっとF級かもしれないけど、だけどひどすぎます！」

あれ？　お姉さんにハーグさんが怒られてる。

「お爺さん、ハーグさんに子供たちのために協力してくれとかなんとか言われて、はだされたのかもしれませんが考え直してください。お爺さんが無理しなくても、ギルド長がちゃんとF級冒険者を見つけてくれますから。ハーグさんは数日待たせればいいんですっ。初級ダンジョンは危険が少ないからといっても、無理して何かあれば……」

ホルン爺さんがフードを戻して顔を上げた。

「それにしても、ふぉふぉ。ワシの身を心配して冒険者を叱り飛ばすことができる受付嬢か。良いスタッフ教育をしておる。立派なギルド長になっておるようじゃなガル」

ギルド長がびしりと硬直する。

そっか。お姉さんはホルンさんを心配してハーグさんに怒っていたんだ。

このお姉さん、絶対に良い人だ。疲れていて怒りっぽくなっているのかな？　なんて少しでも思ったの反省しなくちゃ。王宮神殿で働いている聖女に仕える人たちとは違うんだ。皆、聖女様の世話が大変だと裏では常に怒って当たり散らしてた。

「は、はい、あの若い故《ゆえ》、先走ってしまい申し訳ないことをホールルーン様「ホルンじゃ」」

ホルン爺さんはギルド長と知り合いなのかな？

「心配無用じゃ。ワシは若いころに冒険者をしておったんじゃ。いろいろ知っておる。そこらの若造より、よほど詳しいぞい」

「そうだ……よくご存じだ」

ギルド長が受付のお姉さんの肩をポンッと叩いた。

「うむ。ハーグにパーティーを組もうと提案したのもワシじゃ。引退後十年以上たてばF級から再スタートとなることもハーグは知らなんだ。ワシが教えてやったんじゃ」

「そうそう、ハーグよりもずっと賢い」

ギルド長が受付のお姉さんの肩を再びポンと叩く。

「そうじゃ、ワシはずる賢い男でな」

ホルン爺さんの言葉に、ギルド長が首をぶんぶんと横に振っている。それを見てホルン爺さんは少しお姉さんに顔を近づけ声を潜めた。

「実はワシはな、ちょうどダンジョンに行きたかったんじゃ。それで冒険者に護衛依頼を出そうと思っておったところでな？　依頼を出すよりも、自分が冒険者になってダンジョンに行ったほうが依頼料がかからないじゃろ？　ハーグという護衛をただでこき使える。ワシには得しかないんじゃよ。ふほほ。どうじゃ、ずる賢いじゃろ？　狡猾じゃろ？」

「違うよ！　ホルン爺さんはおいらのことを思って、全然ずるくなんかないんだ！」

ホルン爺さんの言葉にラズが思わず叫んだ。

「そうです。私も一緒に行きたいって我儘言ったら大事な装備もくれました。初級ダンジョンでも危険があってはいけないからって！　ホルン爺さんはいい人なんです」

　ぽんっと、ホルン爺さんのくれたローブをリメイクしたスカートを叩いて主張する。

「え、えっと……」

　お姉さんがちょっと困った顔になった。

「あはは、まぁ、そういうことだ。俺は無罪。で、ラズもミオも大丈夫だ。わかってるよ。お姉さんはホルン爺さんのことをちょっと知らないだけで、いい人だってことはわかってるさ。じゃ、パーティー登録用紙はこれでいいよな？　説明は不要だ。なんせ賢い先輩冒険者が付いてるからな。依頼はこれ。この依頼達成のためならビサスダンジョンに入ってもいいはずだろ？」

　早口で押し切るハーグさんに、お姉さんが唖然としながらも受付処理を済ませた。

「では、お気をつけて行ってらっしゃいませ」

　と、決まり文句をパーティー「悠久の」にかける。

……そういえば、パーティー名がまだ決まってなかったんだ。それでハーグさんはあとで変更すればいいと「悠久の」までを書いたらしい。

「あの、心配してくれたり、ちゃんと怒ってくれたり、ありがとうございます。これからよろしくお願いします！」

　お姉さんにお礼を伝える。それからこっそりと【回復】。

「もしかして、ハーグさんが明るくなったのはあなたのおかげだったのかしら？　不思議と私もなんだか体が軽くなったわ。困ったことがあったらすぐに相談してね」

手を振ってくれるお姉さんに手を振り返してカウンターを離れる。

「まさか……賢者ホールーン様を引っ張り出すとはな。魔法が使えなくなったとはいえ、その知識だけでも冒険者にとっては宝だろう……。勇者候補で剣聖と二つ名持ちだったハーグに、賢者の二つ名持ちだったホールーン……。その二人が結成したパーティーで育てられるラズとミオか。成長が楽しみだ」

ギルド長が私たちを見送りながらうんうんと頷いている。何かをつぶやいているみたいだけどなんだろう？　私たちのこと？

「案外、呪われた古竜のローブも本物だったりしてな……って、それはないか。それはないだろうが……あの子たちのスカートとズボンは賢者ブルーに似てると思ったが本物か……A級モンスターまでの攻撃は魔法も物理もすべて跳ね返してしまうっていう伝説級の……アーティファクトを再現したとまで言われるあの……ドラゴンの魔石のほか貴重な素材をふんだんに使うために再現しようにも難しい国宝級の……」


ガタゴトと馬車に揺られている。

「で、ハーグはなんの依頼を受けたんじゃ？」

馬車は冒険者がダンジョンまでの移動に使うもので、木組みの飾りけのない丈夫なだけが取り柄の荷台に並んで腰かけるようになっている。私とラズが座った向かい側にハーグさんとホルン爺さんが座っていて、少し間をおいて男性三人組のパーティーが一組と、男女二名ずつのパーティーが乗っていた。

そういえば、王宮神殿から出るのも何年ぶりだったけれど王都の外に出るのは連れてこられてから初めてのことかもしれない。

街を出ると、畑が広がっている。私より小さな子供も作物の世話を手伝っている。

そうだよね。王宮神殿で七歳のころから働いていたけど、子供だって仕事をするのは普通だよね。他の子供とちょっと違う仕事をしていただけで、特別なことではない。王宮神殿を出て見習い聖女じゃなくなったけど、働くのは当たり前。

寂しくて思わずついてきちゃったけど、役に立たず足手まといになるわけにはいかない。

「依頼はこれだ。ビサスダンジョンの第一階層で見つかる毒消し草の採取」

ホルン爺さんが、ああと頷いた。

「ビサスダンジョンといえば、王都から馬車で三時間。他のダンジョンに比べて随分離れておる。往復で六時間かかる割に初心者ダンジョンじゃならなぁ。どんなに頑張っても稼げないから人気がないところじゃったな」

「そう、人がいない初心者ダンジョンなら、実験するにも、訓練するにもうってつけだろ？」

ハーグさんの言葉に、ホルン爺さんがうんと頷いた。

「そうじゃな。なかなか考えてるようじゃが、稼げんぞ？　まぁ生活には困らんだけの蓄えはあるが、ハーグはええのか？」

ラズがハッとする。自分のせいでハーグさんの生活を犠牲にしてもらうわけにはいかないと思ったんだよね。

「はは、心配するな。帰り道にちょっとその辺でB級冒険者としてソロでの仕事もしてくから問題ない。この頃めちゃくちゃ調子がよくて一時間もかからずこなせちまうからな」

ハーグさんがすかさずラズに負担をかけないように声をかけるけれど、ラズは納得していないようだ。

「ほら、早速ダンジョンの入り口だ」

馬車が森の手前で止まった。ハーグさんが森に顔を向けている。森がダンジョン？

「こっから先の森はモンスターの生息地、森ダンジョンじゃよ。道は結界でモンスターは入り込めぬがの、一歩道から森へと踏み出せばダンジョンの中じゃ。よく木々を見て覚えておくんじゃよ。葉っぱが丸くて大きな木が生えているところは初級森ダンジョンじゃからの。葉っぱの大きさが小さくなるほど強いモンスターが出てくるようになる。森ダンジョンは、階段のようにわかりやすい階層分けがないからのぉ。よく知らないうちに中級森ダンジョンに入り込んでしまう者もいるんじゃよ。だから初心者にはお勧めできんのじゃ」

「まぁ、だからな、ダンジョンには冒険者じゃない者は、冒険者と一緒にしか入れないことになってるんだ。冒険者について見習いとして薬草採取から始める。薬草採取だけならそれこその辺で走り回ってる子供にもできるがな」

そうだったんだ。

ハーグさんが畑仕事の手伝いに飽きたのか鬼ごっこをしている子供たちを見た。

確かに、葉っぱの形さえ覚えれば薬草採取は私にもすぐにできそうだ。だからといって安易に森ダンジョンの中に入ってしまうとモンスターは出るから危険だろう。それに、採取に夢中になって知らない間に強いモンスターが出る中級森ダンジョンに足を踏み入れてしまったら……。死んでしまうかもしれない。

いいや、本人が死んでしまうのは、冷たいようだけれど自業自得だろうけれど……。子供がいなくなったと親は捜しに行くだろう。親しい人たち、村の大人たちも捜しに森に入ればどれほどの犠牲者が出るのか。

「そっか……だからダンジョンに入るのには冒険者と一緒じゃないと駄目なんだね……」

冒険者に依頼を出して護衛してもらうか、見習いとして冒険者パーティーに入れてもらうか。

森の中に入ると、空気が変わった。

しっとりと湿り気のある空気なのは、森の木々に光が遮られているからだろうか。それとも木々の葉が湿り気をもたらしているのだろうか。

湿気だけではない。空気が重い気がする。濃度が濃いというのか。

森の中の道にはところどころ広場のような場所がある。その一つに三組ほどのパーティーがいてしゃがみこんで何かをしていた。

「そうそう、ラズ、あれはモンスターから素材の剥ぎ取りをしているところだ。使い道のないモンスターなら討伐証明部位を切り取るだけでいいんだがな。食べられる肉や使える皮なんかがあるモンスターだと、ああして解体して持って行かなくちゃならない」

モンスターの解体！

「まぁ、解体せずにそのままギルドに持ち帰ってもいいんだが、そうすると持って帰れる量が減るのと解体料金を差っ引かれる。初心者は銅貨一枚でも多く稼ぎたいだろう？　だからああして自分たちで解体して持って帰るんだよ」

解体している様子は料理で動物をさばいているのと大差はなさそうだ。料理の手伝いをしていたから私にも手伝えそうだ。

「俺はあれが苦手だからいつも討伐証明部位を持ち帰ればいいモンスターばかり狩ってる。ラズが手伝ってくれると助かるんだ。覚えてもらえるか？」

ハーグさんの言葉に、ラズが嬉しそうな顔をして頷いた。

「もちろん、すぐに覚えるよっ！　おいら、骨から肉をそぎ落とすのは得意なんだっ！　ゴミに捨てられてる骨にまだ肉がついてるの取ってたから！」

ニコニコ笑うラズの頭をハーグさんがポンポンと叩いた。

「わ、私も手伝います」

声を上げるとハーグさんが心配そうな顔をした。

「大丈夫か？　モンスターとはいえ、その……刃物で切り裂いていくのは気持ちのいいものじゃないぞ？」

「調理の手伝いで鶏はさばいたことがあります。えっと、モンスターの肉は、全部売っちゃうんですか？　自分たちで食べてもいいんですか？」

ぶははとハーグさんが笑った。

「そうだな、冒険者は泊まりで依頼をこなすこともある。食糧の現地調達は基本だったな。モンスターを狩ってその場でさばいて焼いて食う。ミオにも教えてやる。覚えたら、肉を焼いてもらっていいか？」

「はい！　私、頑張りますっ！」

「初級ダンジョンにも食べられて、ちょっと鍛えればミオにも倒せそうなモンスターもおったんじゃないかの？」

ホルン爺さんの言葉に、首を横にしてラズの顔を見る。

「ラズ、それって！」

「ああ、肉が食べられるな」

うんと頷く。

「それに、俺たちみたいな親なしに肉を食べさせてやれる」

うんうんと頷く。

はぁーとハーグさんが大きなため息をついて頭をかきむしった。

「ったく、大人のほうがダメとか恥ずかしくてやんなるな」

ホルン爺さんがハーグの背を叩いた。

「ワシもお前も一緒じゃろう。夢を追いかけてS級冒険者という地位を手に入れた。それを突然失ったんじゃ。ワシは魔力回路がおかしくなって魔法が使えなくなった。お前は怪我で後遺症が残って十分に戦えなくなった」

ハーグさんが頭をかきむしるのをやめてホルン爺さんを見た。

「失ったものはそれだけじゃないじゃろう……周りから人が減った。期待の声がなくなった。逆に増えたのは憐れむ目に見下す目。今思えば離れていった人などどうでもいい人間じゃったとわかるし、人の目など気にしなければいいとわかるんじゃ」

ハーグさんが静かに頷く。

「じゃが……失ったショックと変なプライドで周りが見えなくなり……心を占めるのは『今に見ていろ』という感情ばかりじゃった」

ハーグさんがホルン爺さんの言葉を聞いて小さくつぶやいた。

「そうだな。もう一度S級にというのは、どこかに周りの人を見返してやるという気持ちがあったんだろう。本当、今思えば馬鹿みたいに執着してたなぁ。S級でいるよりももっと楽しいことも幸せなこともたくさんあるってのにな」

今度はホルン爺さんが頷いた。

「そうじゃな。久しぶりに屋敷を出て馬車に揺られておるだけでも楽しいもんじゃ」

「それな！　ワクワクしてる。金を貯めるために必死になっていたときとは全然違う。まぁ、金はまた頑張って貯めようって思い始めてはいるが……。目的があって金を貯めるんじゃなくて、金の使い道を考えながら金を貯めるっていうのもワクワクするな」

ハーグさんが私とラズの頭に手を置いた。

「お前たち二人のおかげだ！」

「そうじゃ。命の恩人なだけではなく、魂の恩人じゃな」

あまりに二人が褒めるものだから気恥ずかしくなる。

「おいらにとっても二人は恩人だよ。こんなに早く夢に近づけるなんて思ってなかったし」

「私も、これからどうしようって思ってたのに、今はこれから何ができるかなって希望しかなくて、だから、あの……」

ガタンと馬車が大きく跳ねて、みしりと変な音がした。

「うおっ、なんだ？」

御者《ぎょしゃ》が手綱《たづな》を引いて馬を止めた。

「車輪をやっちまったかもしれない」

御者は馬車を停めると慌てて御者台から降りた。

車輪が壊れたってこと？　ダンジョンまでは馬車で三時間くらいだと言っていた。まだ一時間くらいしか経っていない。歩いて行くとどれくらいかかるんだろう？　困るよ。

せっかくのパーティー「悠久の」の門出なのに。

こっそり【回復】と唱える。五割くらい。これなら細かい傷なんかはそのままだからピカピカにはならない。

御者が車輪を確認するよりも前に唱えたから、実際は車輪がどうなっていたかはわからない。

「あれ？　おかしいな？　変な音がしたし、傾いたと思ったけどな？　なんともないぞ？」

御者が首をかしげながら荷台に乗っている私たちに声をかけた。

「念のため点検しますんで、予定より少し早いですが休憩時間にします」

「ん、あそこあたりから森ダンジョンの第三階層だろう？　俺らはここまででいいよ」

パーティーの一組が降りて御者に金を支払っている。

「第三階層？」

ラズのつぶやきにホルン爺さんが立ち上がった。

「せっかくじゃ。休憩の間にいろいろ教えてやろう」

「じゃ、俺はちょっとこの辺でモンスターを狩ってくる。常時依頼のモンスターもいるだろう」

それから休憩時間の間に、道から数歩だけ森ダンジョンの中に入って薬草や階層ごとの見分け方をホルン爺さんに教えてもらった。ついでに少し薬草を摘む。

「おっと、こいつは適切な手順で加工すれば美味いんじゃが、処理を失敗すると毒になるからの。他の者が摘んで食べているのを見てもまねしちゃダメじゃぞ」

と、言いながらホルン爺さんは摘んでいる。

「加工の方法を知っているの？」

だったら、教えてもらおうと思って尋ねると。

「そうじゃな、ワシはダンジョンでのことは一通りなんでも知っておるぞ」

「すごい！」

ラズが目を輝かせた。

「なんでも知ってる物知りで賢い人のこと、賢者って言うんだよな？」

ラズの言葉にホルン爺さんが唖然とする。

「は、はは……こりゃ参った。参った。ワシは……魔法が使えなくとも……ずっと賢者だったか……」

ホルン爺さんがトカゲ頭のフードを引っ張って深くかぶり直したので、表情は見えなくなった。

「ふむ、忙しくなるぞ、覚悟はいいかの？　ワシの知っておることならいくらだって教えてやろう。こうして移動中だろうと食事中だろうと、覚えることはいくらでもあるでの？」

ホルン爺さんが私とラズの肩に手を置いた。

「うん。ありがとうホルン爺さん！　おいら頑張って覚える！」

「ホルン爺さん！　私もいろいろ教えてください。私、あの、文字も覚えたいです！　文字を覚えたら鑑定眼鏡で見えている文字をメモする手伝いもできるようになるし、本も読めるようになるでしょう？」

「そろそろ出発しますよー」

御者の声が聞こえてきた。

森の奥からすごいスピードでハーグさんが駆けてきた。手ぶらに見える。

「ハーグさん、何もモンスター出なかったのか？」

ラズの言葉にハーグさんが腰にぶら下げた巾着を叩いた。

「いや、二十くらい。いろいろ狩ったぞ？　狩っている間に初級森ダンジョンを出ちまってたみたいで、途中からB級のモンスターもちょこちょこ出たからついでにそいつらも倒してきた」

馬車にはすでに男性三人組のパーティーが座っていた。

「は？　B級モンスターなんて中級森ダンジョンでもだいぶ奥にしか出ないだろ？　子供に嘘つくんじゃねぇよ」

一人がハーグさんを睨みつけた。

「ハーグさんは嘘をつくような人じゃないよ！」

ラズが反論すると、別の一人がため息をついた。

「それじゃあ、見間違えたんだろ。ここから一番近い中級ダンジョンまでまだ走って三十分はかかる。B級モンスターが出る場所まではさらに一時間は移動にかかるだろう。モンスターを倒しながら進まないといけないんだからな」

「そうそう、ソロでたどり着くのも難しいが、たった三十分じゃ往復する時間もないぞ？」

男たちの言葉に、ホルン爺さんが腰かけながら頷いた。

「確かにそうじゃな。B級モンスターが出るようなダンジョンまで、身体強化した者であっても、ここから往復三十分では無理じゃろう。S級冒険者であったとしてもだ」

ホルン爺さんが同意したことに気をよくしたのか、冒険者の男の一人の口が軽くなった。

「どうかなぁ、S級冒険者は特別だろう？もしかすると不可能も可能にしちゃうんじゃないか？」

「だよな、S級冒険者ならB級モンスターなんて瞬殺だろうし、光の速さで動けるんだろ？」

「そうそう、目で追えない動きをするって聞いた！」

目を輝かせて話をする冒険者にハーグさんが否定の言葉を口にする。

「いやいや、無理無理。S級冒険者だって、ただの人だぞ?」

ハーグさんの言葉に、冒険者たちがムッとする。

「おっさん、D級パーティーだろう?」

確かに馬車に乗り込んだときにお互いにパーティー名とランクは名乗りあった。何かあったとき……例えば不意なモンスターの出現や、はたまた山賊に襲われたりしたときの役割分担を迅速にこなすためらしい。三人組のパーティーも同じD級だったはずだ。

「お、お、お、おっさん?」

ハーグさんがおじさん? まだおじさんというには若いとは思うんだけど……。

「ふぉふぉ、そうじゃな、冒険者の間じゃ二十代はもうおじさんじゃのぉ。おじさんと呼ばれたくなきゃ、パーティーの名を売って二つ名持ちになるんじゃな。おっさんではなく二つ名で呼ばれるようになるからの」

ホルン爺さんの言葉に冒険者の一人が、えっと驚いた顔をする。

「みょうちきりんなトカゲの姿してるから変な奴だと思ってたら、じじぃじゃん」

「じ、じじぃ……ふむ、まぁそうじゃな。確かにワシはじじぃじゃのぉ」

「その歳まで冒険者続けてるのか? 無理するなよ!」

「そうだ。もし食い詰めてほかに食べる手立てがないってんなら……俺が仕事探してやろうか? 稼ぎがいい仕事ではないけど」

あれ？　ホルン爺さんの心配をしている？　なんかとっても、いい人達みたいです。

「そういえば、さっきその子たちにじいちゃんいろいろ教えてなかったか？」

「教える仕事ならギルドで世話してもらえるんじゃね？」

「あ、もしかして見習いに教えるために冒険者続けてるのか？　この子たちじいちゃんの孫か？　おっさんは流石にこの子たちの父親って年齢じゃなさそうだけど……」

ホルン爺さんがトカゲフードを取った。

「ふぉふぉ。確かにこの二人は孫みたいなもんじゃよ。じゃが、お前たちもワシの孫みたいな年齢じゃ。馬車に乗っている間に教えてやれることは教えてやろう。そうじゃな、これは知っておるか？」

ホルン爺さんは先ほど採取したちゃんと処理しないと毒になる植物を取り出した。

それを見て、ハーグさんが口を開いた。

「あ、これやたらと美味いけど毒があるやつだ。食べた後一時間以内に解毒ポーションを必ず飲むんだぞ。解毒ポーションは安いもんじゃないがケチったら三日は苦しむ。体力がなきゃ死ぬことだってある。……いくら美味いからって……あーっ、解毒ポーション持ってないか？　誰か？」

「まさか、ハーグさんは処理せず食べたことあるのか？　それとも処理に失敗したのか？」

ラズの質問に、ハーグさんが首を傾げた。

「処理？　なんのことだ？」

え？　えーっと、もしかして……。

「ふぉふぉふぉ、ハーグ、お前にも教えてやろう。こいつはちゃんと処理すりゃ毒は消せる。店でも売っておるじゃろ？」

「ああ、高級店で使われてるが、ありゃ高い金払って聖女に浄化してもらってんじゃねぇのか？」

ん？　【浄化】で毒は消せるってこと？　なら、簡単に食べられるようになりそうだ。ハーグさんはどうやら好物みたいだから、いっぱい摘んで【浄化】してあげたら喜ぶかな？

……あ、でも。

浄化や回復魔法が使えるのが知られたら、王宮神殿に連れ戻されなかったとしても、どこかの神殿に連れて行かれちゃうかもしれない。

私、皆と離れたくないよ。知られちゃダメだ。もしかしたら、ハーグさんたちは内緒にしてくれるかもしれないけど、私が回復魔法使えるのを知っていて内緒にしていたって知られたら罰せられちゃうかもしれない。

今までどおり、こっそり使わないと。知られないように。

それからホルン爺さんは処理の仕方を説明してくれた。工程が六つほどあり、順序を間違えたり必要な時間が短かったり手を抜いたりすると失敗するらしい。

「めちゃくちゃめんどくせーな」

ハーグさんが顔をしかめた。

「まぁ、一度に大量に処理して乾燥させて保存しておけばそれほど手間じゃないぞい？　三か月に一回とか半年に一回と考えればの？」

冒険者の男たちが顔を見合わせている。

「なぁ、売ったらいいんじゃないのか？」

「うん、高級料理店で使われるならいい金になるんじゃないか？」

ホルン爺さんが首を横に振った。

「特定業者以外は売買禁止じゃぞ？　免許を持っている業者が時々採取依頼を出しておるじゃろ？　自分たちで消費する分には問題ないが、売るために処理すれば密造じゃ。捕まるぞ？　と、知らぬ者もおるんじゃなぁ。百年ほど前には作り方を知っている者も多かったんじゃ。じゃが、そのため適切に処理されていない物を売る者も後を絶たなかったんじゃ。ハーグのように念のため食べた後一時間以内に解毒ポーションを飲むのも流行ってな。そんな時にバジリスクが街に現れたんじゃ」

バジリスク？

「は？　嘘だろ、街に？　中級洞窟ダンジョンにいるB級モンスターだろ？　俺らが今から向かうダンジョンの随分深い階層にいるはずだ」

「いや。当時、どうやら生息地にフェンリルが現れて、逃げるようにして街まで来たようなんじゃよ」

フェンリル？

私が首をかしげたからだろう。ハーグさんが教えてくれた。

「ドラゴンは知ってるか？　種類にもよるがドラゴンはS級〜SSS級のモンスターだ。フェンリルはそのドラゴンと並ぶような強いモンスターだな。ドラゴンなどの強いモンスターが出ればそれより弱いモンスターは逃げ出す。普段は結界でダンジョンから出ないモンスターも、必死になり力を合わせ結界を破ってダンジョンを飛び出してくる」

ああ。火事場の馬鹿力とか窮鼠《きゅうそ》猫を噛むとか、そういう感じなのかな？　フェンリルってそんなに強いんだ。

「そうそう、ちょうどこんな感じじゃよ。フェンリルはな」

ホルン爺さんが、ハーグさんのマントに縫い付けた布を見えるように引っ張った。

魔法陣のような模様に、謎の動物が刺繍されていると思っていたけれど。

四本足で猫とも違う。犬のようでもあるけれど、馬のような赤いたてがみを持った動物。少し表情が間抜けな。

「強い個体になると、たてがみのような毛が足にも生えるぞい。魔力をその毛にまとい、空を駆けることもできるんじゃ。そりゃもう、倒すのには苦労したもんじゃ」

「じいちゃん、まるで自分が倒したことがあるように話をするんだな」

「おかげで楽しく話聞けるけどよ。先生に向いてるんじゃないか？　ギルドの授業は退屈だもんなぁ」

「そうそう、モンスターを覚えるための講義っつっても、眠くなっちゃって話が聞けないの、どうにかしてほしい」

へぇ。ギルドではいろいろ教えてくれるんだ。冒険者に登録すれば受けられるのかな？

「まぁとにかくじゃ。バジリスクは毒をまき散らす。冒険者であれば解毒薬を飲んでから討伐にあたれば済むが、街の人々はそうもいかん。多くの者がバジリスクの毒で倒れた。そして運悪く解毒薬の数が足りずに命を落とす者もおったんじゃ。数が足りなかった理由の一つが……」

ホルン爺さんが手元の植物に視線を落とした。

「こいつを食べるために解毒ポーションを大量に持っておった者がいち早く街から逃げ出して放出することができなかったのが原因じゃ。それが発端となって、こいつの売買に厳しい規制がかかったんじゃ。処理の仕方も表に出なくなった。免許を持った者が仕事を継ぐ者に教えていくのみ。処理した後に抽出検査もされる。業者の中には聖女に浄化してもらって使っている者もおるくらいじゃ。いいか、売ってくれと頼まれても絶対に売ってはならんぞ？　分けてやるのまでは止めはしないが、かならず毒見が済んだものにするんじゃぞ？」

冒険者たちは、うんと頷いた。

「一度に大量に作って、解毒ポーションを準備して毒見。あとはちょっとずつ自分たちだけで使えばいいってことだな？」

馬車が停まった。

「じゃあ、俺たちはここで。教えてくれてありがとう、じいさん」

冒険者が荷台から降りて手を上げた。

「思いやりがあって、人の言葉を素直に聞ける。お前たちはきっとどんどんランクが上がっていくじゃろう」

ホルン爺さんの言葉に、冒険者たちが照れたような顔を見せる。

「ふぉふぉ、多くの冒険者を見てきた年寄りが言うんじゃ。ええかの、見どころがある。無理はするんじゃないぞ？　そして、困ったことがあれば相談してくれ。老いぼれじゃが物知りじゃからな」

ホルン爺さんの言葉に、ラズがにこりと笑った。

「そうなんだ。ホルン爺さんは賢者のように物知りなんだ！」

冒険者の一人が、にぃっと笑った。

「ちげぇねぇ！　いいパーティーの見習いになれたな！　お前も頑張れよ！」

「うんっ！」

「はいっ！」

ハーグさんがちょっとそわそわした様子だ。

「なぁ、帰りにもっとこいつ……コショ……ウって、噛んじまった。コ草を採取していいか？　帰ってまとめて処理しようぜ」

あまりにも熱意を持って語るハーグさんの様子にラズが尋ねた。

「そんなに美味いのか？　ふかふかで柔らかいパンより？」

「いっぱい具の入ったスープよりもおいしい？」

ハーグさんがうんと頷いた。

「パンだってスープだって腹いっぱい美味いもの、これから食わせてやる。いや、食えるようにみんなで頑張ろうな。ラズは他の子にも配りたいんだろう？　だったら、そうだな。俺は……金を貯めて孤児院でも建てるかな」

「ワシは孤児たちに仕事を考えてやるとしようかの。コ草の免許を取って孤児院で作るのもええじゃろう。アーティファクトの魔法陣を再現できれば道具作りの仕事もつくり出せるんじゃがなぁ……」

ラズが笑った。

「おいらが食べるもの、ハーグが住む家、ホルン爺さんが仕事、それからミオが……」

うんと頷く。

「風呂。あの幸せな時間を味わってほしい！」

「なぁ」

ハーグさんがにぃと笑う。

「『悠久の幸団』なんてどうだ？」

「ほう、幸せを求める、いや、幸せになるパーティーということかの」

「賛成！　おいら、気に入ったよ！」

ポロリと、思わず涙がこぼれた。

「私、今とても幸せで……あの、ずっとこの幸せが続いて、他の人たちも幸せにできるなんて……」

ハーグさんが私の頭をわしゃっと乱暴に撫でた。

「名前負けしないように、頑張って幸せにならないとな！」

ハーグさんの言葉に頷く。

「そうじゃな。ダンジョンまでまだ少しかかるじゃろう。早速、幸せになるために文字を教えようかの」

ホルン爺さんの言葉に涙を袖で拭った。

「おいら、ミオと会えて良かった。こんな日が来るなんて思ってなかったよ。おいら……この先のことが楽しみでしかたがないんだ」

ラズが服の中から丸い石のペンダントを取り出し握りしめた。

「じーさんの言った通り、夢を持って生きてて良かった」

王宮神殿にいるときは「いつか見習い聖女から聖女になるんだろうな」と思ってはいたけれど、だからといって何が変わるのかわからなかった。ずっと同じように王宮神殿に来る人たちに回復魔法をかけて過ごす日が続くんだろうと。もう少しおいしいものが食べられるようになればいいなとそれくらいしか先のことなんて考えられなかった。

だけど、今の私は……。

「私も、この先何があるのかワクワクしてる」

それから馬車に半刻ほど揺られたところで初級洞窟ダンジョンビーサスに到着した。

D級パーティー【悠久の幸団】の伝説の始まりである。

《了》

冒険者パーティー【悠久の幸団】

ハーグ▶元【剣聖】

▷元Ｓ級冒険。者負傷によりＢ級へとランクダウン
▷特殊装備
『呪いのマント』 伝説の＊＊＊が縫い付けてある

ホルン▶元【賢者】

▷元Ｓ級冒険者、魔法が使えなくなり引退、再登録でＦ級
▷特殊装備
『呪いのローブ』 伝説の＊＊＊でできている
『魔法瓶』×２ 魔法が詰められる瓶

ラズ▶未来の【＊＊】

▷見習い冒険者
▷特殊装備
『俊靴』 防御力が二十アップ。
命の危険を感じたときに瞬発力が七百倍になる
『賢者ブルーのズボンとベスト』
Ａ級モンスターまでの攻撃をすべて跳ね返す

ミオ▶未来の【＊＊】

▷王宮神殿を追放された元見習い聖女
▷特殊装備
『ギザギザハートのナイフ』 一撃必殺できるが、
一度使うとボロボロになり使い物にならなくなる
『雷と聖バー』 宝石の埋まった剣の柄。魔法剣の柄。
『蓋のない魔法瓶』 魔法が詰められる瓶

あとがき

お手に取っていただきありがとうございます！

富士とまとと申します。はじめまして！


今回、書籍のタイトルが「ゴミ箱ぐらしの聖女様～ゴミ扱いの古代魔法道具を直したり、追放冒険者を治したりのスローライフ～」ということで、ファイル名がとんでもないことになりました。

「ゴミSS」とか「ゴミ箱」とか……。

真面目にゴミだらけです。ゴミのような作品って意味ではないのですが、「ゴミ」という名のファイルをを担当さんとやり取りして申し訳ない気持ちになりました。

タイトルとしては言いやすくないですか？「ゴミ箱ぐらしの聖女様」。……とはいえ、「ゴミ箱ぐらし」からすぐに「ゴミ屋敷ぐらし」にランクアップ（？）するんですけども。


本を出すにあたって、素敵なイラストを描いてくださったsaraki先生ありがとうございました。

担当様ありがとうございました。

また、校正様、デザイナー様、営業様、その他、多くの方のお力添えで本を出すことができました。

ありがとうございます。

そして何より、こうして本をお手に取ってくださった読者様。ありがとうございます。

楽しんでいただけるかドキドキしながら、このあとがきを書いております。

健気な少年少女と、第二の人生を歩み始めた大人たちの、新しい冒険が始まる物語はいかがだったでしょうか？

楽しんでいただければうれしいです。

また、どこかでお会いできますように。

富士とまと

唯一無二の最強テイマー
～国の全てのギルドで門前払いされたから、他国に行ってスローライフします～
原作：赤金武蔵　漫画：田村紘一
キャラクター原案：LLLthika
異世界還りのおっさんは終末世界で無双する
原作：羽々音色　漫画：ダンタガワ
オルクセン王国史
～野蛮なオークの国は、如何にして平和なエルフの国を焼き払うに至ったか～
原作：樽見京一郎　漫画：野上武志

雷帝と呼ばれた
最強冒険者、
魔術学院に入学して
一切の遠慮なく無双する
原作：五月蒼　漫画：こばしがわ
キャラクター原案：マニャ子
どれだけ努力しても
万年レベル0の俺は
追放された
原作：蓮池タロウ　漫画：そらモチ
モブ高生の俺でも冒険者になれば
リア充になれますか？
原作：百均　漫画：さぎやまれん　キャラクター原案：hai
COMIC
NOVA
ノヴァ
https://www.123hon.com/nova/
話題の作品
続々連載開始!!

転生貴族の異世界冒険録
～カインのやりすぎギルド日記～
原作：夜州
漫画：香本セトラ
キャラクター原案：藻
レベル1の最強賢者
原作：木塚麻弥
漫画：かん奈
キャラクター原案：水季
我輩は猫魔導師である
原作：猫神信仰研究会
漫画：三國大和
キャラクター原案：ハム

捨てられ騎士の逆転記！
原作：和田 真尚
漫画：絢瀬あとり
キャラクター原案：オウカ
身体を奪われたわたしと、
魔導師のパパ
原作：池中織奈
漫画：みやのより
キャラクター原案：まろ
バートレット英雄譚
原作：上谷岩清
漫画：三國大和
キャラクター原案：桧野ひなこ
コミックポルカ
COMICPOLCA
話題のコミカライズ作品を続々掲載中！
毎週金曜更新
公式サイト
https://www.123hon.com/polca/
Twitter
https://twitter.com/comic_polca
コミックポルカ
検索

幼女無双
～仲間に裏切られた召喚師、魔族の幼女になって
【英霊召喚】で溺愛スローライフを送る～
1～2巻好評発売中！
presented by yocco
ill.にもし
幼女になったけど…
英霊召喚で
無双しちゃう!!
魔族の四天王や家族に溺愛されるスローライフ開幕！
©yocco

will sama ha kyou mo mahou de asondeimasu.
ウィル様は今日も魔法で遊んでいます。
1〜8巻好評発売中！
Ayakawa Rarara
綾河ららら
Illustration ネコメガネ
かわいさ&魔法の才
無限大
∞
どんな魔法も再現可能!?
このお子様、凄すぎます!!!!
©Rarara Ayakawa

ゴミ箱ぐらしの聖女様 1
～ゴミ扱いの古代魔法道具を直したり、追放冒険者を治したりのスローライフ～

発 行
2025年1月15日　初版発行

著 者
富士とまと

発行人
山崎　篤

発行・発売
株式会社一二三書房
〒101-0003　東京都千代田区一ツ橋 2-4-3 光文恒産ビル
03-3265-1881

編集協力
株式会社パルプライド

印 刷
中央精版印刷株式会社

作品の感想、ファンレターをお待ちしております。
〒101-0003　東京都千代田区一ツ橋 2-4-3 光文恒産ビル
株式会社一二三書房
富士とまと 先生／ saraki 先生

Printed in Japan, ISBN 978-4-8242-0361-8 C0093
※本書は小説投稿サイト「小説家になろう」（https://syosetu.com/）に
掲載された作品を加筆修正し書籍化したものです。